# EASTERN FRONT 东线

## 辽阔的南方大地

东西方残酷较量的开端　全人类命运的决战

朱世巍 / 著

重庆出版集团　重庆出版社

### 图书在版编目(CIP)数据

东线：辽阔的南方大地 / 朱世巍著. —重庆：重庆出版社，2018.3（2019.12重印）
ISBN 978-7-229-12875-3

Ⅰ.①东… Ⅱ.①朱… Ⅲ.①纪实文学－中国－当代 Ⅳ.①I25

中国版本图书馆CIP数据核字（2017）第280249号

### 东线：辽阔的南方大地
DONGXIAN: LIAOKUO DE NANFANG DADI
朱世巍 著

责任编辑：袁 宁 张 蕊
责任校对：何建云
装帧设计：王芳甜 胡 越

重庆出版集团 出版
重庆出版社
重庆市南岸区南滨路162号1幢 邮政编码：400061 http://www.cqph.com
重庆出版社艺术设计有限公司制版
重庆市国丰印务有限责任公司印刷
重庆出版集团图书发行有限公司发行
E-MAIL:fxchu@cqph.com 邮购电话：023-61520646
全国新华书店经销

开本：720mm×1000mm 1/16 印张：14.5 字数：255千
2018年3月第1版 2019年12月第1版第2次印刷
ISBN 978-7-229-12875-3
**定价：39.00元**

如有印装质量问题，请向本集团图书发行有限公司调换：023-61520678

版权所有 侵权必究

> 目录

**第一章：1941年7月东部战线形势**
　　序章 / 003
　　之一：苏德两军的实力与状态 / 007
　　之二：苏德两军统帅部的动向 / 025

**第二章：东线德军在南北两翼的挫折**
　　之一：列宁格勒之战的开端 / 035
　　之二：德军第一次进攻基辅 / 056

**第三章：斯摩棱斯克战役**
　　之一：斯摩棱斯克大合围 / 083
　　之二：南北分兵与东进 / 108
　　之三：战略空袭的小插曲——莫斯科与柏林的天空 / 135

**第四章：基辅会战**
　　之一：希特勒南北分兵决策的最后形成 / 147
　　之二：基辅大合围序曲 / 165
　　之三：基辅合围 / 188

# 第一章

# 1941年7月

## 东部战线形势

# 序 章

在1941年的夏天，从冰天雪地、长日漫漫的北极，森林沼泽密布的波罗的海和白俄罗斯地区，到烈日当空、向日葵盛开的乌克兰大地，吹着口琴的德国士兵正愉快地迈步前进。他们面前的红军在此前的战斗中被打得溃不成军，沿途丢弃了无数装备、尸体。而长长的、一眼望不到头的大群苏军俘虏队伍正在德军押解下，面色阴郁地走向战俘营。这一切景象似乎都无可争辩地预示着苏联败局已定，而德国军队剩下的任务，便是迅速推进到俄国腹地，用他们飞速运转的坦克履带彻底碾碎这个庞大的国家，为希特勒帝国征服全世界铺平道路。

虽然德国军队面对的前景是如此"美好"，但战争毕竟是战争，即便是胜利的进军也不可能像出国旅游那样的舒适惬意。参加过这次进军的德国将军博卢特里特后来回忆道："由于急着取得胜利的德军装甲摩托化部队推进太快，使得跟在后面的德国步兵们在追赶他们的行军中疲于奔命，一天当中要行军25英里，无论怎么说也是不寻常的，况且道路又非常糟糕。在那些日子里，呈现在德军面前的始终是正在后撤的俄军和穷追不舍的德军步兵部队扬起的遮天蔽日的尘烟。同时天气也非常炎热，还时不时地下场雨（这种情况一般比较受步兵们欢迎——作者注），使道路变得泥泞不堪。可是等到太阳出来，道路又会被烈日烤得干干的，走上去则依然是尘土飞扬。"

尽管德国士兵被如此糟糕的天气和漫天的尘土搞得有些蓬头垢面，人人脸上、身上都蒙上了一层厚厚的灰尘。但在清贫的苏联人眼中,这些来自工业发达、汽车众多、交通便利,商店里出售许多俄国人连想都不敢想的漂亮商品,人民富于教养而且彬彬有礼的国度的德国士兵们,身上穿着面料考究、裁剪得体的制服,乘坐着各式各样的漂亮汽车(德国军队的汽车几乎来自整个欧洲),吃着许多苏联人见都没见过的巧克力,口袋里还装着精美的笔记本和打火机,看起来的确很文明。况且,党的宣传过去塑造的德国形象还在起着作用:德国是一个有着强大工人阶级的国家,是马克思的故乡,德国人民只是慑于纳粹分子的手枪和绞刑架才被迫跟着希特勒,他们随时会起来反抗;在纳粹分子统治的法西斯德国以外,还存在着一个"真正的、人民的德国"。

明白这一点,我们也就不难理解,为什么会有些苏联的老布尔什维克指望在苏德战争爆发后,德国的工人会发动反对希特勒的街垒战;为什么会有红军士兵拒绝向德国人开火,因为据说那样会让"被迫"给希特勒充当炮灰的德国劳动人民由于得不到苏联人民的帮助而感到失望。

不过苏联人很快便发现德国人不光彩的一面。一个当时被俘的苏联士兵回忆道,当那些看上去挺文明的德国人把他身上仅有的一小块猪油、一小块糖

前进中的德国步兵

和一条干净的手帕毫不客气地抢走后,他曾经感到多么地不可思议。这位红军士兵当然不知道,按照德国军队《东线陆军守则》的规定,给他们这些俄国俘虏食物"是对人道主义的误解"。而德军第30师的一份文件中曾经提到这样的话,"必须强调总司令部如下决定:为了让德国人少流血,只允许用俄国俘虏做侦察和排除地雷的工作",他们还进一步规定,在利用苏联战俘去踩踏雷区时,应该同时派出相应的监视人员,以"防止他们(战俘)利用走大步的方法避开地雷"。1941年7月24日,德国国防军统帅部还规定把苏联战俘分为五类,其中所谓"政治上不可靠、有嫌疑、做宣传工作者"必须立刻处死。

但另一些事情却是这位苏联俘虏和那些和他有着同样遭遇的人曾经经历过的:一列载有苏联战俘的50节列车,在打开车门时臭气熏天,里面的人死亡了一半;而另一列30节列车载着的1500名苏联战俘则全部死在车内,因为在路上德国人根本不提供食物和水。这些情况甚至引起负责东方占领区事务的罗森堡对国防军统帅部长官凯特尔的抗议,因为这位在俄国出生并在那里受过高等教育的纳粹理论家认为,这些战俘是宝贵的人力资源,而在有足够粮食的情况下,"战俘营长官竟然不允许把这些粮食给战俘们食用,甚至在押解战俘的过程中,也不允许老百姓给他们食物。许多战俘由于劳累饥饿跟不上队伍,遭到了枪杀(有时连向战俘提供食物的平民也遭到杀害)",这种做法是对人力资源的最大浪费。

在遭遇那些由饥饿、凌辱、鞭打和枪杀为内容的非人日子后,苏联人才明白,至少在现在,"真正的、人民的德国"是根本不存在的,自愿跟着希特勒的不是"一小撮"纳粹分子,而是整个德国。一亿多德国人民中的绝大部分都和希特勒一样,相信日耳曼人的天生优越和统治全世界的权利。民族主义是个如此奇怪的东西,它其实就潜藏在包括我们在内的每一个人身上,也包括那些没有从德国人身上看懂它的苏联人身上。

在民族主义狂热信念鼓舞下,由德国人中最优秀部分组成的庞大而精锐的纳粹军团正在俄国大地挺进,对于包括斯大林在内的现实主义者来说,这才是真正需要考虑的问题。对于这股强大的似乎无法阻挡的力量,任何人都不

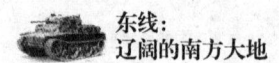

敢掉以轻心。作为苏联最高领袖的斯大林这时已经在做最坏的准备。7月2日夜间,他签署了将列宁遗体转移到大后方去的命令。7月4日19时,列宁遗体被装在配备了专门的恒温、缓冲装置的特别专列上,运往西伯利亚小城秋明的一座被废弃的中学内。在运送列宁遗体东去的道路上,足够组成一个巨大国家的大量机器设备、贵重物品和其他物资,以及大量人口,正被无数繁忙的列车不分昼夜地运往苏联昔日荒凉的大后方,从那里将生产出打断希特勒帝国脊梁的沉重"铁锤"。而在此之前,在1941年夏秋两季的苏联欧洲中心地带,发生在两支庞大武装力量之间的战争将进行得无比残酷而艰辛。

# 之一：苏德两军的实力与状态

## 东线德军的状况

1941年7月上旬，从北起波罗的海，南到黑海，长达数千公里的东部战线上，部署着庞大的德国陆军和空军部队主力。他们的先头部队已经推进到了距离列宁格勒和斯摩棱斯克只有120公里的地方，与基辅之间更是近在咫尺。在1941年6月22日至7月9日，十八天边境交战这段时间内，损失较小的东线德军无论是编制，还是人员和装备实力，都没有发生大的变化。

但另一方面，德军也没有得到特别大的加强。德国人基本还是遵循波兰和法国战役的经验，主要依靠战前就集中好的军队打快速战争，却根本没打算为长期战争而在全社会展开大规模动员。理由很简单，希特勒以及德国陆军决策层，都相信短期内就能结束战争。他们甚至在补充现有损失方面，都做得相当消极。最多从已有的后备军慢慢调出一些补充兵。首先是总数9万人的一批野战补充营被派往前线①。以边境交战的情况看，这些补充营基本还够用。

东线德军还是做了一些细节调整。首先，在此期间，除了东线德军预备队的第2集团军司令部被编入中央集团军群，第4集团军被改编为第4装甲集团军(该集团军的部队交给第2集团军)，统一指挥第2、3装甲集群之外，东线德

---

① 《德意志帝国与第二次世界大战》卷五，第一册，第984页。

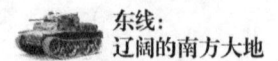
东线：
辽阔的南方大地

国陆军的3个集团军群作战编成基本没有改变。

这段时期,德国统帅部没有向东线战区派遣新的野战师。只是在1941年6月22日至7月9日,陆军总部从东线预备队调出10个师加强第一线部队。德国的盟友另外增加了5个师3个旅。而在整个1941年6、7月间,由预备队新派到东线战区的德国野战师共有21个步兵师、1个山地师、1个摩托化师(另外,陆军总部掌握的第2装甲师一度于7月隶属南方集团军群,但很快又被调走)。具体情况如下:

**1941年6、7月 东线德军野战师调动情况**[①]

6月　增加德国第79、125步兵师

7月　增加德国第15、46、52、73、86、93、94、95、96、98、106、110、112、113、132、183、197、260、294步兵师，第4山地师，第60摩托化师

在具体实力上,德国东线、芬兰战区陆军原有的340多万军队在边境交战中大约损失了15万余人,其兵力仍然保持在320万左右。再加上几个仆从国的军队,对苏作战的陆军部队人数不会少于400万人。其中不包括海空军部队。

在战斗部队实力方面,按照德国人在1941年7月的统计,平均每个德国师拥有1.38万人(转引自以色列历史学家克里费德所著《战斗力》一书),而军及集团军直属部队、勤务部队平摊到每个师为4900人,合计德国野战部队每个师连同配属部队,共有兵员1.87万人。由于这个统计数字是将德军部署在西线的、只有2个团的二流师包括在一起统计得出的,因此东线一流野战师的兵员数应高于这个平均值,即在2万人左右(参照西德出版的《德国陆军1933—1945》、《德国步兵手册》等资料)。

东线德军炮兵在边境交战后的情况不详。但就一般而言,其战力应该也很完整。举例说,东线德军的7146门重炮,在6月份只损失了54门。

苏德战争开始时,德军在东部战区第一线装甲部队配备了3648辆坦克和强击火炮(不含预备队的2个装甲师),其中大约有1500辆在边境作战时被击

---

[①]《俄国前线》,第174页。

毁或受损,包括"完全损失"的616辆(参阅《东线:巴巴罗萨与十八天国境交战》)。在7月1日,东线德军一线装甲部队还有3530辆坦克和强击火炮(同上不含预备队)[1],但其中很多需要修理。7月10日,各装甲师实际可以使用的坦克合计约为原有总数的59%,2000辆左右。以德军第3装甲师为例,该师在6月22日可用坦克199辆,到7月9日则为145辆。另外考虑到芬兰战区、东线预备队、德国的轴心国盟军拥有的坦克装备,估计在1941年7月10日,德军在苏德战场拥有的坦克、强击火炮总数大约有3500辆,其中可以使用的大约有2500辆。

与步兵相比,德国装甲部队的实力下降幅度较大,尤其是边境交战后,德国后方几乎没有给东线提供什么补充坦克。因此各装甲师在相当一段时间内,只能用固有装备作战。稍微有利的情况是,德军在前进,多数时候控制着战场,因而受伤或故障的坦克较少落入苏军之手,可以边打边修,不断用修好的坦克充实一线战力。

东线德军航空部队在7月拥有近程侦察机400架、远程侦察机246架、战斗机763架、双发驱逐机81架、水平轰炸机830架、俯冲轰炸机316架、沿岸活动飞机32架。合计作战飞机总数为2668架。连同第5航空队东部集群和德

配合德国步兵行动的强击火炮

---

[1]《德意志帝国与第二次世界大战》卷四,第1129页。

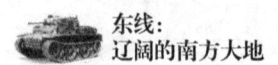

国盟军的航空部队,轴心国阵营对苏作战的作战飞机总数不会少于3000架。

---

**1941年7月东线德军编成实力**

1941年7月5日南方集团军群:

第1装甲集群,第6、11、17集团军,罗马尼亚、斯洛伐克、匈牙利、意大利军队。

45个德国师1个旅(5个装甲师,7个摩托化步兵师),罗军16个师10个旅,斯洛伐克军2个师1个旅,匈牙利军5个旅,7月下旬,8个德国步兵师和3个意大利师加入。德军第17集团军配备斯洛伐克军,德军第11集团军配备罗马尼亚军队。资料依据:《德意志帝国与第二次世界大战》,苏联国防部版《第二次世界大战史》。

1941年7月3日中央集团军群:

第4装甲集团军(统帅第2、3装甲集群),第2、9集团军。

60个师,1个旅(9个装甲师,7个摩托化步兵师)。第2集团军预备队为第35军,第9集团军预备队第42军级司令部,2个军共7个师。资料依据:《博克日记》,苏联国防部版《第二次世界大战史》。

1941年7月10日,北方集团军群:

第4装甲集群,第16、18集团军,芬兰军队。

31个德国师(3个装甲师、3个摩托化步兵师)。芬兰东南集团军、卡累利阿集团军14个师3个旅,配备德国陆军第163步兵师。其中卡累利阿集团军6个师。资料依据:《德意志帝国与第二次世界大战》,苏联国防部版《第二次世界大战史》。

---

跟随德国正规军(陆海空军、武装党卫军)的进军步伐,由党卫军管辖的警察部队和帝国保安总局也开进苏联。其基干包括11个警察战斗营(5500人)[①],以及4个所谓"特别行动队"的2500多人(含500名治安警察)。他们的任务是在被占领的苏联领土上建立起德国的统治,同时还要在德国正规军的协助下,杀掉所有第三帝国所不喜欢的人。随着苏联占领区的扩大,德国警察部队增加到28个团84个营。

---

**党卫军和特别行动队**

所谓"党卫军",在很多人理解中是一支武装部队。其实不然。党卫军就其本质来说,是纳粹党的"党中之党",或者说是党的精英组织。更准确地说,是由党卫军全国领袖希姆莱个人控制的所有组织和人员的总和。

---

① 《德国的警卫和警察战士 1939—1945》,第19页。

希姆莱掌握着三个重要力量：

一个是武装党卫军。他们区别于国防军，实际上是纳粹党和希姆莱个人的私人军队。但武装党卫军也是德国武装部队（正规军）的组成部分之一。

可是，另外两个力量更为重要：分别是治安警察和帝国保安总局。希姆莱掌握了这两支力量，也就是掌握了德国的全部警察和特务（除了军事警察和军队情报部门）。也因此，德国警察实际成了党卫军的下属部门。这是纳粹体制最与众不同的特点之一。

治安警察，包括几乎所有"普通警察"。派往东线的所谓警察营，也属于治安警察。警察营本身是一个由三个连组成的步兵营。

帝国保安总局。这是个特务和保安警察的混成机关，从事秘密调查和内外间谍活动。其最重要的部门是：三处（保安处）、四处（秘密警察处，也就是通称的"盖世太保"）、五处（刑事警察处）、六处（海外处）。

为了入侵苏联，帝国保安总局局长海德里希下令成立直属于他的专业屠杀部队。屠杀对象包括犹太人和共产党员。于是1941年5月，在易北河畔的普雷茨、德吕本、巴德施密德贝格边防警察学校，成立了4个党卫军特别行动队。

A特别行动队，跟随北方集团军群，在波罗的海地区活动。负责人是党卫军旅队长（相当于陆军少将）施塔勒克尔；B特别行动队，跟随中央集团军群，在苏联中部（预定从白俄罗斯到莫斯科）活动，由奈比（曾任帝国保安总局刑警处处长）指挥；C特别行动队，跟随南方集团军群，在基辅为中心的乌克兰地区活动，由党卫军旅队长拉施指挥；D特别行动队配合第11集团军，在乌克兰南部和克里米亚、高加索活动，由党卫军旗队长（上校）奥伦道夫指挥。

4个行动队全部摩托化装备。下辖18个特别分队和行动分队。前者在军队后方活动，后者则紧跟战斗部队。队员并非都来自帝国保安总局，还包括第9警察预备营。初期，B行动队有655人，其中134人是治安警察①。后来加上临时人员，每个行动队约有1000人。包括"盖世太保"100人、保安处30~35人、刑警40~50人、治安警察130人、武装党卫军士兵350名、司机和技术人员150人、当地人"辅助警察"80人②。

1941年6月17日，海德里希下令各特别行动队准备屠杀。6月23日，跟随德国陆军进入苏联的特别行动队发表第一号《苏联情况通报》。1943年5月21日发出最后一份。在东部地区，他们留下了大量枪杀地点。仅仅在罗夫诺就有200多个。在考纳斯的9号工事杀人点埋葬了大约7万人。而在立陶宛的维尔纳附近的杀人点，不少于10万人。1943年3月23日，希姆莱接到报告，在苏联有63.33万名犹太人被屠杀③。其后又有大约10万人被害。

---

① 《德意志帝国与第二次世界大战》卷四，第496页。

② 《盖世太保史》，第314页。

③ 《第三帝国的兴亡》下，第1318页。

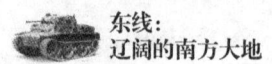

## 红军状况

德国陆军不愿意大规模动员,基于他们已有的经验,是很正常的。1940年法国战役,德国击败300万法军,迫使法国投降,付出的代价是损失15万人。边境交战,苏军也是300万人,德军的损失也是十几万人。虽然苏军没有被完全消灭,但按德国评估至少是被重创了。扫荡残余的苏军,在德国陆军总部看来不会太费力气。自然也不需要为东线德军大量动员补充。

可是与德国、法国军队的情况完全不同,苏联几乎从战争一开始就进行了大规模的后备力量动员。这不单纯是为了弥补边境交战中蒙受的巨大损失,也是为长期战争做准备。1941年6月23日,苏联各地首先对23—35岁的男性公民进行动员,在8天时间里就有530万人应征加入红军[①],在此基础上组建了96个野战兵团,并储备了后备兵员。但由于红军在其后的战斗中损失情况依然极为严重,迫使苏联在8月扩大了征召范围,开始征集18岁和40—50岁的

一辆KV坦克引导一群苏联步兵,旁边是一辆被击毁的德军三号坦克 1941年夏

---

① 《第二次世界大战史》卷四,第83页。

人入伍。在这个月,仅仅红军各方面军得到的补充连兵力就有61.3万人。此外红军还组建了大量新的部队。为此,红军在8月份还专门成立了编练总部。苏联人相信,"最高统帅部预备队始终是出敌意外地从根本改变战役战略态势的主要手段"。

---

**看不见的师**

按照一些苏联叛逃人员的说法,从20世纪30年代开始,红军每个师的师长、师参谋长、团长手下都有两位副职[①]。一位负责日常事务,而另一位,以及每个营的副营长则是所谓的"第二军队的指挥官"。在战争爆发以后,这些人员立刻可以组成另一个师指挥机构,而在这个班子的基础上,就能够在最短的时间内由预备役人员组成一个新的师。他们将使用封存的老式武器。

这种特殊的军事动员体制不仅保证红军能够在最短的时间里组建出相当数量具有一定战斗力的部队(当然谈不上很强),而且也反映出苏联的基本战略思想:他们并不完全把希望寄托于训练有素的第一线部队。因为在经济技术力量落后的情况下,想在质量上超过西方敌人是极为困难的,而且过高的质量往往也意味着补充困难和数量有限。因此苏联人更多地指望用源源不断的后备力量来冲垮敌人。

而这种思想背后隐藏着的更大秘密,则在于苏联旨在全球范围内消灭资本主义的最终决战思想。可以接受的目□□□□□无尽的数量、用最大力量去消灭哪怕最弱小的敌人的做法,无论在军队□□□□□发上,对苏联人的吸引力,永远都要比西方(自然也包括德国)推崇的□□□□

---

1941年□□□□□□红军野战师调动情况

1941年6月增加红军步□□□□□□兵第27、42、65师。

1941年7月增加莫斯科卫□□□□□、2、3、5、7、8、9、13、17师,第3克里米亚预备师,步兵第19、26、6□、70、73、111、115、118、129、130、133、145、149、151、166、170、174、175、177、191、197、214、229、233、235、240、242、243、244、245、246、248、250、251、252、253、254、257、258、259、260、261、262、264、265、266、268、269、270、271、272、276、279、280、281、282、284、285、286、287、288、289、296、297、299、300、303、305、309、322师,摩托化第22、69、82、107、163师,山地步兵第12、28、76、192、302师,骑兵第25、28、31、34、45、55师,坦克第1、3、6、9、51、52师。

减去(包括撤销和调离)莫斯科卫戍预备第2师,步兵第2、27、49、85、107、113、172师,摩托化第4、22、29、209师,山地第12、72师,骑兵第6、36、65师,坦克第2、4、5、7、8、19、22、27、29、30、31、32、33、41师。

---

[①]《苏军内幕》,第153页。

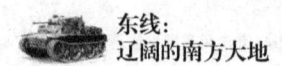

由于大量地补充兵员,苏军在前线仍然得以维持庞大的兵力。在6、7月份交战中,损失惨重的红军主要战区(不包括北极方向)撤编了31个师(包括8个步兵师,4个摩托化师,2个山地步兵师,3个骑兵师,14个坦克师),但与此同时,苏军统帅部却给前线部队调来了107个师(6个坦克师,9个骑兵师,5个摩托化师,5个山地步兵师,82个步兵师,不包括统帅部预备队)。正是由于增派来了如此众多的部队,到1941年7月中旬,苏军用来对付德国及其轴心国盟军的兵力反而由原有的170个师2个旅增加到了212个师3个旅[1]。

但另一方面,红军的作战实力却严重下降。上述212个师3个旅中仅有90个师满员(1万~1.2万人[2]),其他各师只有编制额的一半或稍多些。技术装备也严重不足。在1941年第三季度,红军前线陆军和航空部队平均人数为333.44万人[3](陆军兵力估计为310万),海军另有26.02万人。这些部队所要对付的轴心国军队却不下400万。红军在陆军兵力上处于劣势,而且他们的火炮力量由于缺乏牵引车辆和有效的侦察指挥而无法充分发挥。不仅如此,由于在边境交战中损失惨重,导致苏军步兵部队在兵器上普遍严重缺额,每个步兵师的实际战斗力往往不到德军的50%。

苏军坦克部队的情况比陆军其他兵种来得更糟。按照战前编制,机制化军应该下辖2个坦克师和1个摩托化师,满编情况下为3.7万人,拥有1031辆坦克(包括126辆KV重型坦克和420辆T-34中型坦克)和268辆装甲车,而事实上在战争开始时几乎没有一个军配备齐全(坦克数量一般在500辆左右,最少的只有36辆)。在边境交战中,这些部队的大量坦克被击毁和丢弃,其实力更是大为削弱。如当时西南方面军第19机械化军的第40坦克师,在7月10日只剩2000余人和30辆坦克。第15机械化军的第10坦克师只剩3450人和10辆坦克,到7月12日更只有6辆坦克和4门大炮。

由于机械化部队损耗严重,到7月中旬,红军的前线部队只有大约1500辆

---

[1]《第二次世界大战史》卷四,第95页。

[2]《战争初期》,第350页。

[3]《苏联在二十世纪的伤亡和战斗损失》,第101页。

坦克。战争开始时红军所拥有的装甲兵器数量优势,此时已经落到了德国人手中。苏联空军7月15日在前线的飞机总数为2516架,其中可用飞机仅1900架①。

部队实力损耗如此严重,战前原有的编制自然也变成了一纸空文,实行新的编制势在必行。

7月15日,红军统帅部向各战略方向总司令、各方面军、各集团军和各军区司令员发出了书面指令(最高统帅部大本营指令信第一号)。这份材料的基本特点,是要求苏军的编制尽量小型化和轻型化——虽然大型单位的战斗力更强,但俄国人现在的指挥系统和后勤能力,都不足以支持大型单位的顺利行动。

用军列送往前线的苏军

指令信要求战役军团向小型集团军体制过渡。一个集团军指挥"5个,至多6个师,取消军一级的指挥机关,各师直接隶属集团军司令员"。同一指令中还下令撤销已经名存实亡的机械化军,并且做出了改变步兵、炮兵、航空兵兵团及部队组织机构的决定。

此后,在步兵方面,按7月29日批准的编制,苏联步兵师的人数减少30%,只有1万人多一点;减少了一个炮兵团,炮兵武器减少52%。汽车减少64%。不过苏联大本营曾要求,如有可能给步兵师配备一个中轻型坦克连和一个重型坦克排(3辆KV)——可此时坦克还不够给坦克部队,更不用说提供给步兵师了。其实,上述"标准编制"在当时根本无法执行。7月中旬,苏联步兵师的平均员额下降到6000人。

---

①《巴巴罗萨空战:1941年6—12月》,第49页。

战争初期的一辆苏军T-34坦克

按新编制,与德军步兵师相比,苏军步兵师的人数少1/3,轻武器约少29%,火炮和迫击炮少52%——而实际很多苏联步兵师的兵员还不到德国师的一半,火力也变得相当薄弱。尤其是失去了152毫米口径的重榴弹炮。当时一个德国步兵师有800支冲锋枪和500挺机枪,还有70门以上的反坦克炮。比较之下,苏联新步兵师即使满编也只有162支冲锋枪和279挺机枪,以及18门反坦克炮。综合评估,新编苏联师的火力可能只有德国师的1/3,炮兵基本都是靠马拉。

---

**1941年7月红军步兵师编制**

总兵员10700人,其中步兵6300人。装备冲锋枪162挺、机枪279挺、反坦克枪18挺、50迫击炮54门、82迫击炮18门、120迫击炮6门、45炮18门、76炮12门、122炮24门、汽车249辆、马拉车888辆。

按这一编制,炮兵团只有24门火炮和5辆卡车、723匹马。一个步兵团有2695人、54支冲锋枪、93挺机枪、26门迫击炮、6门反坦克炮、4门步兵炮[1]。

---

[1]《红军手册1939—1945》,第11页;《俄国前线》,第98页。

在坦克兵、骑兵和航空兵兵团及炮兵部队方面,苏军也作了大幅度改编。如前所述,机械化军被指责为"笨重臃肿、缺乏快速性"[1],而且容易遭到空袭,被下令尽可能解散。但在装甲坦克车辆严重不足的情况下,独立坦克师也无法继续保留。因此,装甲兵的基本战术兵团后来只能编成旅一级。反坦克炮兵旅被改为团,一团5个连,后改为4个连,全团只有16门炮。统帅部预备队的炮兵团火力这一时期也被削弱了一半。

**1941年8—9月红军坦克旅编制**[2]

1941年8月23日编制:

红军坦克旅有1个坦克团(3个坦克营)和1个摩托化步兵营、1个侦察连、1个修理连、1个汽车运输连、1个卫生排、1个高炮营。坦克团编有1个中重坦克营:1个KV重型坦克连(7辆)、1个T-34中型坦克连(22辆);2个轻型坦克营(64辆)。总计93辆坦克。

1941年9月13日编制:

坦克旅撤销了坦克团指挥部和1个坦克营。坦克总数减少为67辆。其中KV重型坦克7辆、T-34中型坦克22辆、轻型坦克38辆。

另外还成立了拥有29辆坦克的独立坦克营。全营130人。一个T-34坦克连(7辆)、两个轻坦克连(每连10辆)。

奇怪的是,苏联统帅部突然觉得以前低估了骑兵的威力。7月15日的指示认为,德军目前交通线拉得很长,而且大都处于森林地带。如果能出动大量骑兵去攻击德军后方,就可以取得很大战果。为此,规定将建立几十个每个3000人左右的轻型骑兵师。这些师的后勤单位将精简到最少,以便快速行动——斯大林大概是想起了1812年的拿破仑战争和他本人在俄国内战中的经历——后来的事实证明,斯大林的轻骑兵师火力太弱,根本不适应现代化战争。在德军的凶猛火力面前,目标体积太大的苏联骑兵只有送死的份,冲锋时还不如步兵。

在空军方面,由于认定现行的编制"笨拙而庞大,不适合进行机动作战",

---

[1]《苏联历史档案汇编》卷十六,第239页。
[2]《希特勒的报应:红军1930—1945》,第123页;《诸兵种合成集团军进攻》,第286页。

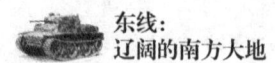

而且"妨碍进行疏散,容易在机场上被摧毁"。因此一个空军师由现有的3个团改为2个团,每个团的飞机从62架减为32架,随后又减到22架。同时鉴于德国空军突然袭击给红军机场造成的重大损失,红军空军司令部7月9日发出训令:"航空兵在机场驻扎时,每个机场不得超过9~12架飞机。飞机着陆后立即疏散到野外场地。挖好飞行机务人员的掩壕,建立严格的机场伪装纪律,不允许人员和车辆在飞行场地自由通行。"

---

**1941年8月红军航空兵团新编制**

按1941年8月10日发布的编制,一个轰炸航空兵团编有3个大队,包括2个轰炸机大队,1个战斗机大队,每个大队飞机10架,加上团直属的2架飞机,全团总兵力为32架。歼击航空兵团编有3个战斗机大队,数量编成和轰炸航空兵团相同。但由于新式飞机的极度缺乏,在10天以后,每个团只剩下2个大队,一个大队9架飞机,加上团直属的2架飞机,全团总兵力为20架。每个大队编有3个中队,一个中队3架飞机。换句话说,红军在编制上依然保持了已经过时的3机编队,尽管当时很多前线飞行员已经指出了这种编队的缺点,并且在实战中运用了更为有效的双机编队。但3机编队直到1942年9月才在官方文件中被彻底改变。

---

在实施上述新编制后,本来在兵力上就逊色于德军的红军战术兵团实力遭到了进一步的削弱。那些标在地图上的数量众多的红军师旅,和德国相同的单

举行团旗仪式的苏联步兵团

位更加不能同日而语,这种情况甚至维持到了战争末期——尤其苏联的步兵师变得越来越小。

部队的改进涉及方方面面,不仅战斗部队伤筋动骨,而且后勤部队也作出了重大调整。在战争第一个月中,苏联人采取了众多头疼医头,脚疼医脚的临时措施:为了加强前线的补给能力,红军新组建了5个汽车运输旅。另外还组建了一些汽车团和汽车营。在这个时期,如何从那些即

被俘虏的俄国男女士兵

将失守的地区尽可能多地抢运出物资成为他们一项重要的任务。至于苏联的铁路部门,则早在战争爆发后的第二天即6月23日,就根据交通人民委员会的命令,在名为A字的特种军用运行图指导下开行,军用列车获得了绝对的优先权。但由于许多重要的铁路卸货地点(如利沃夫、布列斯特、科韦尔)此时已被德国人占领,大量物资只能被丢在那些根本没有相应设备的站点,而这些堆积如山的东西又给其他列车带来了不小的麻烦。在繁忙的铁路线上,有时两列火车间的距离竟然只有几百米。

在经历过了最初的混乱后,苏联人开始从组织上着手改进后勤。7月31日红军设立了总后勤部,在国内战争中担任过师政委的赫鲁廖夫军需勤务中将担任了总运勤部部长,他负责后勤的组织编制、前线的兵员和物资的运输以及向后方运送伤员、转移军用品等,各个方面军、集团军也都设立了后勤部,他们的部长同时也是方面军和集团军分管后勤的副司令。

在战局极其不利的1941年夏秋,红军竭尽全力地从各方各面来完善自己,但他们所采取的实际举措在短期内却还无法显著地提高部队的战斗力。在战场上,红军和精良的德国陆空军之间的质量差距,在短期内非但不能缩

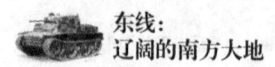

小，反而越拉越大。

> **1941年夏秋红军后勤组织在强化后勤工作的另一些重要措施**
>
> 1941年8月19日设立空军总后勤部部长职务，1942年5月设立海军总后勤部部长职务。1942年5月在红军师军两级也设立了后勤部部长。
>
> 7月18日联共中央作出在《关于在德军后方组织斗争的决定》。
>
> 在富庶的乌克兰粮仓岌岌可危的情况下，7月1日，苏联人民委员会成立了苏军给养和被装供应委员会。在1941至1942年，苏联政府同意配给粮食的军人和居民总数大约为7700万人。当然在1941年的夏天，由于可以从所在地区的国家物资储备委员会的仓库里就地取得粮食和服装，红军在生活上倒还不算太贫乏。

## 苏德两军战术质量比较

由于在边境交战中损失相对较小，德军的部队质量此时基本没有受到什么影响，那些身经百战的指挥员和士官本来就已经非常丰富的经验又得到了进一步提高。他们在战斗中往往富于主动性，而且非常善于随机应变。

机械化程度很高的德军装甲部队，实力在边境交战后下降到了编制额的将近一半，但仍然拥有很强的战斗力。由于德国人将大量坦克集中使用，在突破地段上往往可以形成很大的兵力密度，利于轻而易举地突破敌方防线。德国装甲集群所拥有的强大的补给及技术保障能力，也保证坦克部队冲入苏军纵深实施深远突击，最终合围苏军重兵集团。另外，德国陆军与空军的协同作战技巧非常熟练，这进一步促进了德军战斗力的提高。

德国炮兵作为最重要的陆战杀伤手段，拥有较高的机动能力，尤其善于集中火力，有能力大量杀伤苏军。而且如前所述，苏联步兵师在边境交战后普遍失去了重榴弹炮支援。重榴炮部队阵容完好的德军自然占了很大优势。

苏军方面的情况恰好相反，严重的损失使红军的质量进一步下降，这一时期补充上的红军的新兵，训练时间即使按纸面上的规定，也仅有1个半月到2

个月,而军官则只有3个月。由于前线战事吃紧、损耗很快,大量新编部队更是在几乎没有训练的情况下被送上战场,他们的质量不仅根本比不上战前训练的德国军队,甚至也大大逊色于同时期德国的补充兵员。这样的部队在强大而精良的德国装甲部队面前固然是不堪一击,甚至有时在遭到敌人零星的试探性炮击的情况下,都会被吓得四散奔逃。他们当中的不少人虽然也不乏勇气,可拙劣的战术却让他们成为了无谓的牺牲品。

那些兵员稀少,装备不足的红军步兵师,在具有强大突破能力的德国装甲摩托化纵队面前,却往往被平均分散在非常宽大的正面上。每个步兵团在防御中一般只编为一个梯队,导致防御纵深狭窄。而且,这一时期苏军构筑的基点式防御阵地既无堑壕,也无交通壕,有的只是一个个孤立的散兵坑。在这些散兵坑里,每个士兵除了听到、看到呼啸而来的炮火和发动冲锋的大群敌军外,根本感受不到附近战友的存在,更谈不上有什么联系。他们彼此之间无法进行兵力及火力机动,不能相互支援。

结果红军匆匆忙忙构筑的阵地,总是被德国坦克楔子一戳就破,一破即溃。而苏军无论师级,还是更高级的战术预备队,力量都非常薄弱,所以一旦被突破,就很难遏制德军的穿插攻势,最后难免被包围。

苏军坦克部队在遭到德国人毁灭性的打击以后,固有的缺乏技术保障、补给和维修困难等弱点来得更为严重,同时他们的坦克战术也被证明相当有问题:

苏军总是把坦克用来扼守某

苏军的单兵壕

苏军的T-34坦克

个固定据点,以原地射击的方法阻止敌人前进,结果往往变成德军的活靶子;反击时,他们又习惯将坦克部队分成独立小群,有时甚至是单辆坦克出击,而不能像德军以真正的密集坦克群协调进攻。而且苏军坦克总是在对敌情和地形都不加侦察的情况下投入作战,损失和伤亡当然很大,还经常由于陷入沼泽湖泊而蒙受无谓的损耗。加之缺乏有效的通讯手段和联络车辆,造成坦克部队与步、炮兵协同很差。步兵部队经常不和坦克部队打招呼就擅自进行转移,而把坦克部队丢在那里听天由命。

导致红军拙劣的坦克战术最直接的原因,除了通讯手段的落后,就是苏联坦克手普遍训练不足(虽然他们比苏联其他兵种要好)。德国陆军总参谋长哈尔德对此曾经做过准确的评价:"苏联坦克手训练时间很短,而有经验的坦克手又损失惨重。因此苏军坦克手不得不尽量避免驾驶坦克通过战壕,或者沿着向下的斜坡行驶,而喜欢在平整的山脊上行驶以避免驾驶上的难度。这种习惯甚至在损失极为惨重时还依然保持。因此德国坦克往往可以在远距离向红军坦克开火,甚至可以在战斗开始前给苏军坦克造成损失。缓慢而无目的的驾驶和犹豫不决的射击使苏联坦克成为德军最好的目标。"

在指挥方面,自国境交战开始以来,由于德军进攻的突然性、快速性和红军自身通讯手段的落后,导致各级部队之间的联系,上级对下级的指挥都一直处于时断时续的松散状态,有时甚至连集团军一级的部队都会与上级司令部失去联系，以致消失得无影无踪。苏联总参谋部和其他高级司令部的军官们在这种时候，只能乘坐飞机（一般是"斯波"SB-2或者"波"-2型飞机），在天上绕来绕去地寻找部队。至于那些配备不起飞机的司令部，则只好让参谋人员骑着摩托车之类的玩意儿，冒着撞上德国人的危险，满世界地去建立联系。

在这种信息不畅的情况下，那些速成培训出来、战术素养不高的苏军中、下级指挥官，往往缺乏作战主动性，有时甚至惊慌失措，带头逃跑，从而导致基层部队陷入更大的混乱。另外，苏军通讯纪律的松懈也为德军提供了很大的便利——苏军司令部工作人员在拍发电报过程中，总是不愿意使用密码，而是采用诸如将士兵称为"铅笔"，坦克称为"盒子"、司令部称为"村苏维埃"一类的办法来保密——这种任何一个德国军士都能猜透的办法当然毫无效果，反而使苏军防御的薄弱环节总是被德国人准确而轻易地捕捉到。而包括斯大林在内的红军领导者们，这个时候又怀疑自己的队伍里是不是有暗藏的敌人向德国人通风报信。

德军摩托化车队

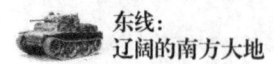

### 苏军独特的"保密措施"

除了上述提到的"铅笔"、"盒子"之类的"保密措施"外,红军统帅部和总参谋部还非常喜欢在来往电文中使用化名,比如斯大林被称为"瓦西里耶夫"(大概得名于他的小儿子瓦西里)、伊万诺夫、"朋友",战后和毛泽东的来往电文中被称为菲利波夫;朱可夫被称为康斯坦丁诺夫、尤里耶夫;华西列夫斯基被称为亚历山大罗夫、米哈伊洛夫;伏罗希洛夫被称为叶弗列莫夫;布琼尼被称为谢苗诺夫;科涅夫被称为斯捷潘诺夫、斯捷平,等等。总的来说,这种假名的方法要比"铅笔"、"盒子"来得有效一些,但保密作用仍然有限。

对苏军的种种特点和弊端,较晚些时间的1941年11月7日,古德里安司令部曾作出如下详细技术评估[①]:

高级指挥官:总是遭到政治干扰,也不善于向友邻和部下通报整体形势,战术反应迟钝;

中级指挥官:不了解总体形势,没有独立判断能力,最多只能组织一个团;

下级指挥官:只会听上面的命令行事,机械死板(下级军官的素质远不如中高级);

政治干部:中高级政治干部较少插手军事指挥,下级政工干部和军官的冲突更厉害;

防御:缺少战术预备队,所以难以应对德军的包围(笔者评:苏军的战略预备队多,但战术预备队却很少)。反击规模太小。善于利用地形和伪装;

进攻:不善于集中兵力在主攻方向。步兵的冲锋队型过于密集。经常夜间进攻;

步兵:防御很顽强,生命力也顽强,狙击手多,但训练不足;

骑兵:怯弱而且没有大兵团作战能力,重武器和马匹都不足(笔者评:斯大林所喜欢的轻骑兵师出奇的脆弱);

炮兵:转移阵地很快,打得很准。但转移火力不灵活,不善于集中火力,浪费弹药,与其他兵种不协调;

坦克兵:装备和个人素质都很好。但指挥官不会搞大兵团作战。更善于防御而不是进攻。如果俄国人能搞大兵团坦克突击,对德国人威胁很大(德军的反坦克炮不行);

空军:很拼命,但数量和质量都不如德国。

苏军的问题一大箩筐,而敌人又是如此强大而咄咄逼人。并不是军人出身的斯大林现在也只能一点点地去学习、去改善了。就在那个痛苦的夏天,在紧张而匆忙的克里姆宁宫里,大权独揽的斯大林正在发出一道又一道旨在改变局势的命令。

---

① 《苏联历史档案汇编》卷十六,第251—255页。

# 之二：苏德两军统帅部的动向

## 苏联统帅机构的进一步调整

在战争最初的日子里，斯大林没有担任红军统帅，而是把国防人民委员铁木辛哥摆到了苏联武装力量统帅部大本营主席的位置上。但铁木辛哥这个名义上的最高统帅在没有得到斯大林指示的情况下，几乎不能做出任何决定。

燃烧的苏联民房

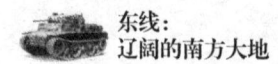

1941年7月10日，斯大林将统帅部大本营改为总统帅部大本营，由他本人来任主席，他忠实的战友莫洛托夫被任命为副主席，伏罗希洛夫、铁木辛哥、布琼尼和朱可夫成为总统帅部大本营成员。

同一天，斯大林把整个对德作战前线划分为西北、西方、西南3个战略方向总指挥部，分别由伏罗希洛夫、铁木辛哥、布琼尼三位元帅担任总司令。所谓战略方向总指挥部从名字上来看确实是很咋呼，但其本身除了总司令和军事委员等主官外，既没有相应的机构人员，也没有必要的设备。从实质上来说，战略方向总指挥部也不过是斯大林总统帅部大本营和各方面军之间的一个联络机构，而在很多情况下，斯大林干脆就绕开战略方向总指挥部，直接给各方面军下达命令。其实即使是各方面军，在没有得到斯大林批准的情况下，甚至对自己下属的部队的部署变更也没有太多的权力。

为了更直接地行使权力，在7月19日斯大林干脆委任自己为国防人民委员。1941年8月8日，他又把总统帅部大本营改成了最高统帅部，斯大林本人从此正式成为了最高统帅。但把所有权力都抓在手上的斯大林似乎此时更多的只能从组织和"精神"领域来想办法。为了鼓舞士气，还在7月5日，斯大林就打电报给各方面军司令员（除了远东方面军和外高加索方面军），要求向统帅部大本营呈报在保卫社会主义祖国、抗击德国法西斯军队的战斗中表现英勇的人员名单，以便政府予以奖励。为了加强对部队的控制，防止斯大林所

德军士兵走过一座列宁塑像

最为关心的投敌现象，7月16日，在他的授意下，联共中央和最高苏维埃主席团通过《关于在工农红军中改组政治宣传机关和政治委员制度的决定》，废除了单一首长制度，强化了军队中政委的权力。

除了上述措施以外，斯大林所能做的就是站在"博多"电报机旁给各战略方向总指挥部、各方面军的司令员们灌输他的"必胜"意志。诚如后来苏联军事历史研究所所长所说，此时的斯大林和红军统帅部甚至没有一个全盘的战略战役计划，他们只能够在德国凶猛的攻击下，匆匆忙忙地通过口授命令的方法来挽救危如累卵的局面。从这个意义上说，1941年红军的全部作战计划几乎都是在德国统帅部的"指导下"制定的。

## 德国军队的下一步进攻部署

到1941年7月初，希特勒和他的将军们确信对苏战争已经胜利，正开始考虑击败和占领苏联以后的问题。为此，他们迫不及待地制定了《关于俄罗斯地区的占领和治安，以及"巴巴罗萨"行动后陆军的改编命令》。希特勒特别指出，在战争结束后，德国军队应该在居民点外专门构筑冬季营房，"以便在居民点发生骚乱时，随时对其实施空中袭击"。

另一方面，为了在消灭苏联后和英美摊牌，希特勒在7月13日对未来德国武装部队的建设发出指示，要求海军应该准备"直接对英国作战，进而对付美国"，同时在1942年5月1日前把陆军机动部队扩大到36个装甲师和18个摩托化师（包括党卫军）。7月14日，他又命令，鉴于东线作战德军"已经胜券在握"，因此必须把军工生产重点转到潜艇和飞机。因此，除了坦克和反坦克武器外，所有陆军武器的生产都应该削减，给空军的生产让路。同时为了给未来陆军机动部队的扩充作准备，希特勒还特别规定："以后除了德国国内的2个

脸部受伤的德国摩托车手

装甲师外,补充每一辆坦克都要希特勒本人批准。"按照他的上述命令,1941年8月8日,德国国防军统帅部、国防军指挥参谋部、国防处还在一份联合签署的命令中指出,根据他们和陆军总司令部达成的共识,未来德国陆军将大幅度削减,只需要30个装甲师和15个摩托化师,现有的163个步兵师中的49个将被解散。基于上述指导思想,为东线德军提供更多兵力和装备,也被认为是没有必要的。人员和武器的补充也被压缩到最低限度。

尽管希特勒和他的军事幕僚们对苏德战争的前景如此看好,但东部战线的战斗此时毕竟还在进行着。为了在这"伟大胜利"到来以前露上一手,捞个"青史留名",无论是希特勒本人还是陆军总司令部和国防军统帅部的将军们,都在极力做出自己的主张,力求在取得"最后胜利"的过程中发挥决定性的作用。而德军在取得边境交战胜利后,对下一步作战主要突击方向的选择,也就成为了他们在历史舞台上"抢镜头"的焦点。

众所周知,德国军队的东方战区分成三个主要战略方向:北部是波罗的海沿岸地区和列宁格勒方向;中部是白俄罗斯及俄罗斯中部地区和莫斯科方向;南部是乌克兰地区和基辅方向。希特勒个人一直对北部列宁格勒方向和南部基辅方向有特殊兴趣。在他看来,前者不仅是布尔什维克主义的圣地,而且还是威胁德国波罗的海沿岸地区的海军重要基地,后者经济资源极其丰富,又是通向苏联高加索油田的重要通道,战略价值甚至超过了苏联首都莫斯科。

基于上述认识,希特勒对东线南北两翼的关注总是要超过莫斯科。但在战前制定"巴巴罗萨"方案时,由于地形等因素影响,德军最终还是选择在中部地区集结了最强大的中央集团军群,力图消灭那里两翼暴露的红军。尽管如此,希特勒仍然主张在中央集团军群歼灭了当面的白俄罗斯红军主力后,根据情况的变化,利用其两翼的2个装甲集群或者北上列宁格勒,或者南下乌克兰攻打其政治经济中心基辅。

对于极力主张从中部地区快速推进,迅速攻占莫斯科的德国陆军决策层来说(以陆军总参谋长哈尔德陆军大将和中央集团军群司令博克元帅为代表),希特勒的战略思路很不对他们的胃口。为此他们和希特勒玩了个文字游戏:在1941年1月31日德国陆军总司令颁布的《"巴巴罗萨"作战预令》中,他们一方面根据希特勒的意图,要求中央集团军群在必要的时候,以"强大的快速部队转而北上",协同北方集团军群歼灭波罗的海沿岸和列宁格勒地区的红军;另一方面他们又留了个尾巴,规定"如果在俄国北部的敌人抵抗突然全面崩溃,可考虑不必转移突击方向,立即突向莫斯科"。至于希特勒最为关心的乌克兰—基辅地区,他们干脆置之不理。

不过从这份文件中,我们也不难看出,德国陆军将领们和希特勒一样,对于德国军队能够在国境地区消灭苏军主要有生力量,导致苏联崩溃的前景深信不疑。而在做到了这一点以后,战略方向的选择问题似乎也就没有那么重要的了。

但在18天国境交战中,红军虽然损失惨重,却并没有完全崩溃。而德军在三个战略方向上的进展却出现了严重的失衡:在白俄罗斯—莫斯科方向作

德军将大量非军事人员也当成俘虏抓走

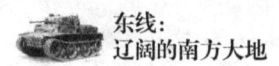

战的德军中央集团军群取得了很大的进展,可望在比亚韦斯托克突出部合围白俄罗斯地区红军重兵集团;而在北部、特别是南部地区,德国军队却不仅进展迟缓,明显落后于中部地区的德军,并且远远没有击溃他们当面的红军。对这种局面颇为担忧的希特勒又想起了他的分兵计划。在1941年6月26日希特勒提出,应该在不久以后调动强大的机动兵团,把主要突击方向转到南方集团军群。他特别强调"关键不在于突击敌人的首都,而在于打击敌军的有生力量"。6月29日和30日,他又接连两次表示,中央集团军群应该派出强大的装甲部队北上列宁格勒,以便"尽快将俄国人逐出波罗的海(以保障矿石的运输),使芬军作用得以发挥,为向莫斯科实施突击赢得左翼的行动自由",同时"迅速夺取列宁格勒的工业中心","尔后,装甲部队应从列宁格勒向莫斯科突击"。

到了7月上旬,进展顺利的德军中央集团军群所属2个强大的装甲集群已经在第4装甲集团军司令部的统一指挥下,兵临斯摩棱斯克,即将打开通向莫斯科的道路。就在这时,希特勒又提出,第4装甲集群在攻取斯摩棱斯克后可以兵分三路:一路仅配备较弱兵力,继续按原定路线扑向苏联首都莫斯科;一路冲向北面的列宁格勒;而第4装甲集团军主力则应该向东南面的哈尔科夫、亚速海方向进行一次大迂回,配合南方集团军群将在国境交战中受损轻微的苏军西南方面军主力彻底歼灭。但希特勒随后发现,要实现他的这个计划,第4装甲集团军就必须从斯摩棱斯克向哈尔科夫和亚速海一口气分别推进744公里和1150公里,甚至希特勒自己也不敢相信他的装甲部队有能力进行这样深远的机动作战。

第二天,希特勒多少有些故弄玄虚地表示:"究竟是向北还是向南转移兵力?这也许是本次战争最困难的决策!"类似这样的话,他的国防军统帅部指挥参谋部参谋长阿·约德尔炮兵上将也曾经说过。但希特勒的"困惑"并没有持续多久,1941年7月8日,在希特勒的元首大本营,他干脆取消了南北分兵的打算,并一反常态地表示,"估计北方集团军群现有兵力足够完成向列宁格勒突击的任务",因此"今天还不必作出关于中央集团军群的决定"。

快速推进的德国摩托化纵队

有不少学者认为,希特勒忽然搁置南北分兵计划,是因为他考虑到南北分兵会关系到东线战争的全局成败。但就笔者所见,既然此前希特勒和他的将军们都已经确信对苏战争已经稳操胜券,红军主力已被歼灭,他此时所更多考虑的是在这胜利在望之际,与其让宝贵的坦克部队进行大纵深作战的冒险,倒还不如就按照原定的作战方案稳扎稳打,尽可能不冒风险地结束东线作战。

正是基于这样的思路,希特勒和他的将军们在搁置南北分兵计划的同时,作出了按"巴巴罗萨"原定方案继续作战的决定。于是在1941年7月8日,德国国防军统帅部确定1941年7月中旬东线德军的基本任务如下:

北方集团军群不需要等待第18集团军,继续向列宁格勒进攻,封锁列宁格勒和芬兰湾的红军波罗的海舰队。

占领了白俄罗斯的中央集团群以2个装甲集群从第聂伯河和西德维纳河发动进攻,务必歼灭斯摩棱斯克地区的红军,为进攻莫斯科做好准备。

南方集团军的德国军队以主力(第1装甲集群)消灭第聂伯河右岸的红军,同时以一部分兵力进攻基辅。同时为了加强南方集团军群的进攻速度,将

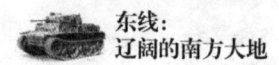

斯洛伐克、匈牙利和意大利的军队以及德国陆军总司令部所属的炮兵预备队加强给该集团军群。

芬兰军队必须从7月10日开始沿着拉多加湖两岸进攻,消灭卡累利阿地区的苏军,从北面逼近列宁格勒。

随着上述命令的下达,几百万德国军队和他们装备的成千上万的坦克、飞机、火炮沿着几千公里的战线运动了起来。整个东部战线由北向南,烽烟再起。但在德军发动进攻的3个主要战略方向中,南北两翼的攻势却并没有取得他们所预料的成果。

## 第二章

# 东线德军

## 在南北两翼的挫折

# 之一：列宁格勒之战的开端

## 兵力对比及形势

到1941年的7月中旬，在苏德战场北段，红军在德国陆军北方集团军群的打击下，已经丢失了拉脱维亚、立陶宛和部分俄罗斯联邦领土。7月9日，在突破了拉脱维亚—俄罗斯边界、占领了列宁格勒的西南门户普斯科夫后，德国的装甲部队已经指向了既是俄国传统的海洋扩张据点，又是十月革命象征的列宁格勒。而在拉多加湖西北挺进的芬兰军队主力也从该城北面构成了严重威胁。

---

**列宁格勒概况**

列宁格勒位于芬兰湾东岸涅瓦河入海口处，始建于1703年，1712—1918年是沙俄帝国的首都，并以它的建立者彼得一世的名字命名为圣彼得堡。1914年第一次世界大战爆发后改名为彼得格勒。十月革命后改名为列宁格勒。

列宁格勒是苏联第二大城市，最大的海港、内河港和交通枢纽、科研文化中心，同时也是波罗的海舰队的重要基地。在该城市区以西约24公里处有一座科特林岛，岛上的著名海军要塞喀朗施塔德是列宁格勒的重要屏障。

列宁格勒城市分布在涅瓦河两岸和附近各岛，城内水渠密布，有大小桥梁548座。市区面积约262平方公里，按照1939年的统计，人口约319.1万人。

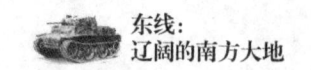

### 1941年7月10日列宁格勒战线苏德两军主要战役集团构成

德国北方集团军群：第18集团军、第16集团军、第4装甲集群。总兵力31个师（3个装甲师、3个摩托化步兵师）。

芬兰军队：东南集团军、卡累利阿集团军。芬兰军队14个师3个旅，另外配备德国陆军第163步兵师。合计15个师3个旅。

红军北方面军：第7、23集团军。合计10师1个旅（含2个坦克师、1个摩托化师）。15.3万人。卢加战役集群（6个师1个旅、2所列宁格勒军校、炮兵）支援西北方面军（第14集团军在摩尔曼斯克方向对付德国"挪威"集团军，没有包括在上述兵力内）。

红军西北方面军：第8、11、27集团军。合计32个师（包括5个坦克师、4个摩托化师），3个步兵旅、3个空降旅、3个筑垒地域。总兵力27.2万人。

### 1941年7月10日列宁格勒战线两军主要战役集团分布

列宁格勒西南和南部以及邻近的爱沙尼亚方向：德国北方集团军群第18集团军、第16集团军一部、第4装甲集群共23个师（3个装甲师、3个摩托化步兵师）。面对苏军西北方面军和卢加战役集群（37个师2个旅）。

沿列宁格勒北面和西南卢加河一线：芬兰东南集团军、卡累利阿集团军14个师3个旅，另外配备德国陆军第163步兵师。面对苏联北方面军第7、23集团军。其中，卡累利阿集团军6个师在斯姆利河与红军第7集团军作战。在9月1日之前，芬兰东南集团军一直被阻滞在卡累利阿地峡（1939年国境线），这个方向是苏军第23集团军和红旗波罗的海舰队，拉多加河区舰队，北方舰队航空兵。

德国北方集团军群第16集团军右翼6个师，配合中央集团军群攻击大卢基。

德国北方集团军群2个师，待命。

卢加战役集群实力[①]：防守芬兰湾至伊尔门湖之间，接替西北方面军一部担任卢加河沿岸防御。构成：第191、177、237、70步兵师，第10机械化军（坦克第21、24师）、独立山地步兵第1旅、列宁格勒步兵学校、步机枪军械学校。后来又增加3个民兵师。

在这座城市周围，德国及其盟友部署了两个主要的重兵集团：

一个是在列宁格勒东面和爱沙尼亚方向的波罗的海沿岸作战的德国北方集团军群。北方集团军群共有31个师。其中用于进攻列宁格勒和爱沙尼亚的有23个师（3个装甲师、3个摩托化步兵师）。另外，北方集团军群第16集团

---

[①]《军事学术史》，第288页。

军还有6个师奉命配合中央集团军群攻击大卢基,掩护第3装甲集群。北方集团军群指挥官还是勒布元帅。

另一支是从卡累利阿地峡和拉多加湖方向进攻的芬兰军队主力和德国陆军第163步兵师,由芬军总司令卡·古·曼纳林元帅指挥。

芬兰军队总司令曼纳林元帅

两个轴心国重兵集团总兵力为40个师3个旅(包括北方集团军群的预备队)。

上述部队由第1航空队和芬兰空军提供空中支援。两支航空部队可以使用的作战飞机总数不会少于700架。其中德军第1航空队拥有350架作战飞机①,如果加上战术侦察机,陆军支援飞机,则第1航空队的飞机总数在500架左右。

与上述两个轴心国重兵集团作战的红军部队,全部由以苏联元帅伏罗希洛夫为总司令的西北战略方向总指挥部指挥。这些部队最重要的任务,便是不惜一切代价保住爆发过"十月革命"的苏联精神支柱,以及红旗波罗的海舰队的主要基地所在的列宁格勒。

伏罗希洛夫管辖着两个方面军:波波夫中将指挥的北方面军;索边尼科夫少将指挥的西北方面军。两个方面军共有5个集团军,1个卢加战役集群。合

---

①《巴巴罗萨空战 1941年7—12月》,第34页。

逼近列宁格勒的德军

计49个师又2个旅(包括临时组建的民兵师)。归伏罗希洛夫指挥的还包括红旗波罗的海舰队和北方舰队。

虽然苏军师团总数比德国人略多一些,但经过边境恶战,各师普遍严重缺员。7月中旬,西北方面军的33个师中,只有7个"基本"满员[①]。只有4个师每个有8000~1.1万人,而其他各师的兵员只有800~2000人,兵力只相当于德国军队的营团。

方面军所辖的第3、23、28坦克师加起来也只有214辆坦克。其中第23坦克师只有11辆坦克和2辆装甲车;第28坦克师残剩3辆坦克。战斗力最完整的是第3坦克师,有8000人、200辆坦克和81辆装甲车。

两个苏联方面军加起来共有42.5万人,红旗波罗的海舰队另有大约9.2万人。因此,伏罗希洛夫掌管的陆海空军总兵数为51.7万人。而与之作战的德国军队总兵力不会少于60万人,芬兰军队另有23万人。德国军队在人数上占有较大的优势。

---

[①]《第二次世界大战史》卷四,第104页。

支援该方向红军的航空力量除了拥有2个方面军所属的空军外,还有红旗波罗的海舰队和北方舰队空军。红军北方、西北方面军,波罗的海航空兵,防空歼击航空兵第7军的飞机加在一起共有1300架①。可是,西北方面军航空兵只有102架飞机。

**北方集团军群的兵力估计**

目前尚未找到1941年7月10日北方集团军群准确的兵力人数统计。但在6月22日开战时,该集团军群兵力为78.75万人,而到7月10日为止战斗的损失不会超过5万人。另外配合中央集团军群的6个师大约有10余万人。在扣除这些部队后,北方集团军群在东线北段的兵力不会少于60万人。

### 北方集团军群序列 1941年7月②

直属:第1强击火炮营,第5强击火炮连

  第6加农炮营(100毫米),第2混成炮营,第2加农炮营(150毫米)

  第11重榴弹炮营,第4臼炮营(210毫米)

  第2火箭炮营,第3坦克歼击营,第2陆军高炮营

第101后方指挥部:第207、281、285警卫师

预备队:第206、251、254步兵师,第23军指挥部

第16集团军

  预备队:第253步兵师

  第2军:第12、32、121步兵师

  第10军:第30、126步兵师

  第28军:第122、123步兵师

第18集团军

  第38军:第58、291步兵师

  第1军:第1、11、21步兵师

  第26军:第61、217步兵师

第4装甲集群

  第41摩托化军:第1、6装甲师,第36摩托化步兵师,第269步兵师

  第56摩托化军:第8装甲师,第3摩托化步兵师,第290步兵师,党卫军"骷髅"师

---

①《巴巴罗萨空战 1941年7—12月》,第35页。
②《德国武装部队的兵团与部队》卷二,第226页;《德国在第二次世界大战》卷二,第37页。

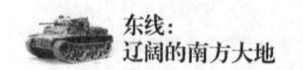

## 双方作战计划

前任苏联国防人民委员、"红军第一元帅"伏罗希洛夫大致判断出了德国人重点进攻的方向：

正向列宁格勒东面和爱沙尼亚方向猛扑过来的德国北方集团军群主力无疑是最危险的敌人，因此列宁格勒西南、南部和爱沙尼亚就成为了红军的主要防御方向，这里不仅配置了西北方面军所辖第27、第11和第8集团军共31个师又2个旅，而且还加强了从北方面军调来的6个师又1个旅。这些部队被编成卢加战役集群，交给他们的任务，是在芬兰湾到伊尔门湖之间，担任卢加河沿岸的防御，分担一部分西北方面军的任务。

而对于从列宁格勒以北拉多加湖两侧进攻的15个师的芬兰军队（包括1个德国师），伏罗希洛夫只部署了北方面军所辖第7和第23集团军共8个师的兵力进行防御。俄国人很清楚，芬军的进攻能力较弱，作战目的也不是那么坚定。

此时，在强大的德国军队步步紧逼的困境下，疲于应付的苏军所采取的全

在草原上作战的德军机枪小组

部战略就是拼命坚守列宁格勒,最大程度地消耗德军,伺机发动反攻。为此,在列宁格勒州委、市委领导人日丹诺夫、库兹涅佐夫组织下,当地军民沿着普斯科夫、卢加、诺夫哥罗德、旧鲁萨和卡累利阿地峡等地构筑了大约900公里长的阵地。防线的数字确实鼓舞人心,可是阵地的质量却低下得惊人。按照苏军西北战略方向总指挥部的检查报告,在红军重点设防的卢加地区,匆匆构筑的前沿阵地根本没有铁丝网和雷区,已经挖好的战壕和掩体也几乎起不到保护人员的作用。但在时间紧迫、形势危急的情况下,红军也只好接受这种聊胜于无的"防御阵地"。

　　在极端不利的情况下,为了尽可能遏制德国人几乎无法遏制的强大攻势,红军将领们还绞尽脑汁想出了其他一些办法。工人出身的伏罗希洛夫元帅甚至拿出了内战时代的老经验,下令组织民兵队伍参加城市保卫战。于是,在列宁格勒前后动员了16万人。利用民兵本身倒是无可厚非,也符合苏联国防委员会7月4日关于动员民兵师的指示。但伏罗希洛夫却把事情做过了头:这位把民兵的作用看得比正规军还要大的红军元帅,过分醉心于那些装备低劣的工人的战斗热情,甚至下令在民兵中通过选举产生营长[1],搞得纪律涣散。而与此同时,他却并不把正规红军的炮兵放在心上。

---

**日丹诺夫其人**

　　日丹诺夫生于1896年,1915年加入联共,1934年2月他被任命为联共中央书记,12月担任列宁格勒州委、市委属书记。

　　这位擅长弹钢琴的日丹诺夫是斯大林的亲信之一,后来还成为了他的儿女亲家(他的儿子曾一度是斯大林女儿的丈夫),在一段时间里,人们甚至相信这位年轻有为的联共领袖是最有可能继承斯大林的人。他不仅是包括大清洗在内苏联各种政治活动的积极参与者(尤其在文化领域),而且广泛地参与军事事务,早在苏德战争爆发之前,他就先后担任了列宁格勒军区军事委员会委员,海军总军事委员会委员等军内职务。苏芬战争期间,他又被斯大林委任为西北方面军军事委员会委员,苏德战争爆发后第二天,他被任命为统帅部大本营常务顾问。在列宁格勒保卫战期间,他作为军事委员会的委员和列宁格勒地方党的行政官员,起到了非常积极的作用。

---

[1]《苏联历史档案汇编》卷十六,第276页。

远在莫斯科的斯大林对列宁格勒方向的战事也提不出什么建设性意见，却更多的是用严厉手段迫使前线的军人拼命。在7月10日，他就曾经对红军西北方面军大加指责，并对该方面军把失败归咎于德国人敌后破坏小组行动的说法大不以为然，同时对该方面军"至今没有处罚不执行命令、像叛徒一样放弃阵地和没有得到命令就撤出防御阵地的指挥员"的做法大为不满。在斯大林看来，由于该方面军"师、军、集团军、方面军的指挥员们无所事事，导致西北方面军各部队始终在后撤"，为了制止这种后撤，斯大林要求"(方面军)司令员和军事委员会委员、检察官立即去前线部队并就地处置胆小鬼和叛徒"。

对巴巴罗萨后续行动持谨慎态度的勒布元帅

就在苏联方面手忙脚乱地组织列宁格勒防御的同时，德军北方集团军群也在紧锣密鼓地做着进攻准备。早在7月7日，第4装甲集群司令赫普纳就提出以一次快速坦克突击夺取列宁格勒的计划。具体方案是：以曼施坦因的第56摩托化军从东面进攻，莱因哈特的第41摩托化军则通过卢加方向的公路这段最短的距离，攻取列宁格勒。此前，为了作战方向问题，赫普纳与顶头上司——北方集团军群司令勒布元帅发生矛盾。所以这

担任第56摩托化军长的曼施坦因(右)与手下的第8装甲师师长交谈

列宁格勒前线的苏军

次,赫普纳决心在更上层找到支持自己的后台。当天,他把计划告诉了视察前线的陆军总司令布劳希奇,并获得了赞同[1]。

德国陆军总司令部果然在7月8日下达了指令,要求北方集团军群和芬兰军队配合,从南北两个方向夹击列宁格勒。7月9日,布劳希奇、勒布、赫普纳三人聚集到集团军群司令部,就第4装甲集群的作战计划达成妥协[2]——实际就是赫普纳借着布劳希奇向勒布施压。由此形成的具体作战企图如下:

作为北方集团军群唯一装甲机动兵团的第4装甲集群,应该用摩托化第41、56军快速部队实施最重要的攻势,从卢加和诺夫哥罗德两个方向发动猛攻,"从东面和东南面切断列宁格勒"——希特勒也对计划插了一杠子,强调曼施坦因的第56摩托化军应通过伊尔缅湖的森林地带展开攻击。

赫普纳终于可以实现直扑列宁格勒的计划,为此他想用4天时间就跃进300公里。但赫普纳将得不到大量步兵的支援。北方集团军群的2个步兵集团军中,第18集团军第26军奉命隔开并消灭爱沙尼亚的苏军,将攻击塔林方向,夺取苏联波罗的海舰队的基地和莫昂宗德群岛。另一个第16集团军,其右翼2个军(6个师)自7月9日起,开始配合中央集团军群[3],保护两个集团军

[1]《苏德战争》,第118页。
[2]《巴巴罗萨战役(1)北方集团军群》,第43页。
[3]《第二次世界大战史》卷四,第117页。

向列宁格勒推进的德国坦克

群的接合部（这是哈尔德的主意）。虽然纸面规定第16集团军其余兵力应该跟随装甲部队并巩固其战果，警戒伊尔缅湖以东的苏军。但由于北方集团军群自苏德战争开始以来，后勤保障工作相当不得力，集团军群所属的重型运输车队能力有限。为了进攻列宁格勒，仅有的物资都集中起来供应给第4装甲集群，第16集团军实际上很难采取积极行动[1]。不过，赫普纳对缺少步兵掩护似乎也不是太在乎。

另外，德军对列宁格勒进攻，还将得到拉多加湖地区芬兰军队的配合，虽然后者对于深入俄国领土的热情并不强烈。

由上可知，德国军队对列宁格勒的进攻共分为三个方向，即第4装甲集群负责的卢加和诺夫哥罗德主攻方向；以及第18集团军负责的爱沙尼亚和芬兰军队负责的拉多加湖地区两个辅助攻击方向。但在实际作战中，三个方向的轴心国军队彼此基本上不发生什么影响。

不知道是因为有希特勒的爱将曼施坦因参加，还是由于列宁格勒这个象征性目标的诱惑力，希特勒本人对北方集团军群此次进攻战役表现得格外关注。他不仅插手此次战役的战术细节，甚至计划在中央集团军群德军进攻到斯摩棱斯克东部后，调动该集团军群所属的第3装甲集群的兵力，支援北方集团军群对列宁格勒的进攻。看来南北分兵的方案仍然萦绕在他的脑子里。

---

[1]《世界军事后勤史资料选编·现代部分（中二）》，第165页。

## 德军第一次进攻列宁格勒

1941年7月10日,德国北方集团军群向"十月革命之城"发动了第一次凶狠冲击。在空中,德国空军第1航空队所属的第1、76、77轰炸航空联队的Ju-88A双发轰炸机群向红军阵地倾泻了大量钢铁。而德国坦克部队则在猛烈的炮火掩护下发动了冲击。

按照计划,由第4装甲集群司令赫普纳统一指挥的两个摩托化军团将以迅雷不及掩耳之势,快速突然袭击,4天内从楚德湖和伊尔门湖之间跃进约300公里,对列宁格勒形成合围之势:

在赫普纳的左翼,莱茵哈特将军指挥的第41摩托化军正向距离列宁格勒最近的卢加方向直插过来。该摩托化军下辖第1、6装甲师,第36摩托化师和

在强击火炮的配合下进攻一个小镇的党卫军"骷髅"师 1941年7月

第269步兵师。莱茵哈特沿着从普斯科夫到列宁格勒的公路,一路气势汹汹。这次行动,他的军团担负主攻任务。他手下的第6装甲师为了加快进攻速度,还组建了由第6摩托化旅旅长劳斯上校指挥的先头战斗群,兵力有:60辆坦克、1500个步兵、230挺机枪、12门步兵炮、12门105毫米口径野战炮、12门150毫米口径野战炮、9门50毫米口径反坦克炮、12门88毫米口径高射炮、36门20毫米口径高射炮[1]。为提供步兵掩护,第38军跟进第41摩托化军。

行军中的德国步兵

在赫普纳的右翼,曼施坦因步兵上将指挥的第56摩托化军,则在希特勒本人的高度关注下,从诺夫哥罗德向东,穿越过机械化部队难以通行的森林沼泽,迂回列宁格勒。而交给他的另一个任务,则是保护北方集团军群在东部暴露的翼侧。曼施坦因手下只有第8装甲师,另有第3摩托化师和党卫军"骷髅"师,以及第290步兵师。另外,德国第1军正努力跟上曼施坦因。

虽然德国人来势汹汹,但和"巴巴罗萨"不同,这次他们的进攻对红军并没有太多的突然性可言。在苏军事先构筑的那些虽然远远谈不上坚固和完善,但好歹存在的防御阵地面前,德国装甲部队的进攻遭到了有所准备的红军相当顽强的抵抗。在地形狭窄,灌木丛生,视距有限的战场,缺少步兵掩护的德

---

[1]《坦克战:劳斯将军东线回忆录》,第44—45页。

国坦克部队打得出乎预料地艰苦,推进速度相当缓慢。

德国高层对此忧心忡忡。7月10日,勒布在日记里写道:"俄国人的抵抗步步为营。"①陆军总参谋长哈尔德也记录了他所了解到的战况:7月11日,他写道,"在北方集团军群当面,敌军的后卫部队在坦克和飞机的配合下对赫普纳的装甲集群以顽强抵抗",哈尔德尤其担心曼施坦因和莱因哈特两个摩托化军之间的缺口。12日,他不得不承认"赫普纳的装甲集群的先头部队已经极度衰弱,疲惫不堪,在列宁格勒方向取得的进展微不足道"。

担负主攻的莱茵哈特摩托化第41军首先出师不利。还在进攻第二天,他的部队就在红军卢加战役集群的阻击下止步不前。7月12日,碰了个钉子的莱茵哈特干脆来个避实就虚,调转方向从卢加西南40公里处转向西北方向进攻。没料到德国人会来这么一手的红军在这个地区兵力极为空虚,只能在德军装甲部队的前进通道匆匆投入组建不久的列宁格勒第2民兵师。

可该师还没赶到战场,莱茵哈特已经得手了。第6装甲师打头阵的劳斯集群穿过森林沼泽,发现了两座桥梁:一座无人防守,另一座在地图上没有标示。于是,20辆德国坦克几乎未遇任何抵抗,从卢加河下游渡河成功,在伊万诺夫斯科耶渡口建立桥头堡。第1装甲师也夺取了一座桥梁。现在,德国装甲先头与列宁格勒的距离只剩下110公里。列宁之城危在旦夕!

一辆炮管被炸断的德军38T坦克,在掌握制空权的战争初期,德军坦克喜欢挂一面很大的万字旗,以避免被己方空军误炸

---

①《巴巴罗萨战役(2)北方集团军群》,第43页。

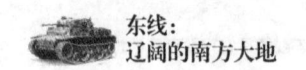

为了挡住德国人通向列宁格勒的道路,红军投入了卢加战役集群的预备队。7月14日,伏罗希洛夫和日丹诺夫向麾下的红军部队发出号召,要求他们"英勇地保卫自己的苏维埃国土和列宁的光荣城市"。第二天,身为红军元帅的伏罗希洛夫亲自赶到前线,指挥列宁格勒第2民兵师向盘踞伊万诺夫斯科耶渡口的德军发动反击。

一场血战开始了!在劳斯上校和德军先头部队其他官兵面前,大批只有"步枪、长矛、短刀"的苏联工人猛扑了过来。在第6装甲师地段,德国人把掩护苏联民兵的坦克放到500米距离,88毫米高炮和100毫米加农炮突然开火击毁坦克,然后用炮火和机枪狂射苏联民兵。可苏联民兵又发起了新的进攻,再度被德军的150毫米榴弹炮和第11坦克团30辆坦克的凶猛火力阻击所挫败。但德军占据的两个村庄被苏联民兵夺回,也无法继续前进。此后,俄国人不顾重大伤亡,反复不断地持续攻击,还把列宁格勒基洛夫步兵学校的学员也投入战斗,与反冲击的德军刺刀见红!德国第6装甲师的其他部队以及第1步兵师也陆续抵达战场。这场残酷的血战持续到7月18日。奇迹发生了!缺乏火炮和重装备的苏联民兵和正规部队一道,以顽强抵抗暂时挡住了德国装甲军团的进攻。

前进中的德军车队遇到一处据壕防守的苏联坦克

对赫普纳脱离步兵掩护直取列宁格勒的计划,希特勒早就存有疑虑,现在局势的发展加重了他的不安。战至7月15日,同样对直扑列宁格勒疑虑重重的北方集团军群司令勒布元帅也承认,靠突然袭击轻易取胜的阶段已经过去,俄国人的抵抗变得强烈起来。围绕两个摩托化军应该如何使用,勒布和赫普纳此时还在争论。在德国陆军决策层,早在7月11日就忧虑于赫普纳手下两个摩托化军之间缺口的哈尔德,在当天日记中写道,"赫普纳的进攻已经被遏制了"[①]。为了改善态势,曼施坦因和莱因哈特之间的缺口,现在填入了一个步兵师。德国第1军也将赶来支援赫普纳。可危机并未过去。

莱茵哈特的摩托化第41军进攻受挫,只好停止了进攻。他不但没有完成交给他的主攻任务,而且由于临时改变了进攻方向,还和担负辅攻任务的第56摩托化军失去了联系。这样一来,曼施坦因的第56摩托化军的处境便一下子危险了起来。

## 索利奇之战

由曼施坦因指挥的德国第56摩托化军在此次对列宁格勒进攻中所担负的任务,是通过向东迂回,切断列宁格勒和莫斯科的联系,以配合摩托化第41军的作战行动。

正如前面已经介绍的那样,曼施坦因的行动受到德军统帅部的高度关注。德军的意图是,为了能够达到出其不意的效果,曼施坦因的第56摩托化军不能像莱茵哈特的第41摩托化军那样沿着公路追击,却只能通过崎岖难行的森林沼泽地。这无疑是个苦差事。

在赫普纳的第4装甲集群的两个摩托化军中,曼施坦因的兵力要比莱茵

---

[①]《哈尔德战争日记 1939—1942》,第474页。

前进中的德国步兵

哈特薄弱得多,其机动兵团仅有装甲第8师和摩托化步兵第3师,至于原先隶属该军的党卫队"骷髅"师,则被第4装甲集群调去充当预备队,原本由该师掩护的摩托化第56军右翼防区,被交给了力量较弱的步兵第291师。尽管如此,曼施坦因仍然自信满满地认为,只要他的摩托化军能够继续快速推进,被打得晕头转向的苏军就未必能对他的薄弱的右翼构成威胁。用他的话来说:"运动速度就是安全的保障。"

但正如前面介绍的那样,在曼施坦因北面作战的摩托化第41军因进攻受阻而被迫转向了西北,这使得曼施坦因的摩托化第56军处境更为孤立。此前只顾向前猛冲的曼施坦因到了这个时候才突然觉察到自己所处的境地如此危险。他慌忙要求上级把"骷髅"师和离他比较近的第16集团军第1军赶快派过来掩护自己。但没有等到他的顶头上司答复,苏联人就已经采取了行动。

此时,按照红军西北方面军7月13日的命令,为了对付在索利奇地区的曼施坦因的第56摩托化军,红军第11集团军已经集结了2个集群,即编有步兵第70师、237师,以及兵力消耗严重的坦克第21师的北部集群,和编有步兵第183师的南部集群。

红军参战各师进行了分工:北部集团所属的步兵第237师和南部集群所属的步兵第183师,分别从曼施坦因的北部侧翼和南部后方发起进攻,掐断德军第8装甲师和第3摩托化师的退路,而红军第70步兵师则负责从正面出击,直接攻击德军第8装甲师。

**红军步兵第70师编成实力**①

编成：步兵第68、252、329团，榴弹炮第221、227团

师长：费秋林少将

实力：15130人，反坦克炮32门，野战炮53门，迫击炮136门，高射机枪20挺，坦克16辆

**德军第8装甲师编成实力**

师长：布兰登贝格少将

编成：坦克第10团，摩托化步兵第8、28团，炮兵第80团，摩托化第8营

实力：16120人，反坦克炮54门，野战炮54门（包括步兵炮），迫击炮78门，高射炮10门，坦克201辆（战争开始时为212辆，其中包括30辆Ⅳ号坦克和125辆38T坦克）

对红军步兵第70师来说，这个任务可并不轻松。和损耗严重的其他红军步兵师相比，拥有1.5万多官兵、装备齐全的步兵第70师的确力量强大，可该师的人员和火力比德国装甲第8师却毫无优势可言，而在装甲力量上更不是拥有201辆坦克（主力为LT-38型坦克，还有部分Ⅱ、Ⅳ坦克）的德国第8装甲师的对手。更麻烦的是，红军第70师不仅在兵力上处于劣势，而且只有6个小时进行作战准备。况且在德军屡战屡胜的背景下，去进攻一支兵力上处于优势的德国装甲兵团，红军所要承受的心理压力也是可想而知的。

在如此不利的情况下，指挥步兵第70师的红军少将费秋林只能以自己沉着周密的计划来克服困难。在很短的时间内，他对德军的部署进行了尽可能详细的侦察，并且发现了德国装甲第8师左翼兵力空虚的弱点。费秋林少将决心以2个步兵团的兵力从德军的这个薄弱地段发动迅猛的进攻，全师所有炮兵都将被用来支援这场进攻。而另一个步兵团则负责掩护步兵第70师自身的侧翼，留2个营作为师预备队。考虑到德军强大的装甲兵力，红军各团各营都组建了坦克歼击支队，每个支队拥有1个步兵排，1个反坦克炮排，1个负责随时在德国坦克通道上埋设地雷的工兵排，1门团属火炮和1个火焰喷射器班。在苏德战争中，这些专门和对方装甲巨兽搏斗的坦克歼击队队员，在战斗过后往往所剩无几。

---

①《军事学术史》，第290页。

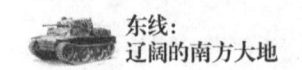

7月14日18时，红军各部队开始进攻。在经过短促炮火准备后，苏军发动了冲击，他们用猛烈的机枪和迫击炮火力切断了德国坦克和步兵之间的联系，给德军造成了严重损失。对此毫无准备的德国人在遭到这场突如其来的猛烈打击后，顿时乱作一团，红军步兵因此得以在当天就推进了6~8公里。第二天清晨，关于苏军攻势的报告被送到了曼施坦因的司令部里，诚如曼施坦因自己所承认的那样，这些报告让他"极不愉快"。3时，第4装甲集群也接到无线电报告，"第8装甲师后方部队遭到敌人以机枪和迫击炮的攻击"。

曼施坦因了解到，不仅他手头唯一的装甲兵团——第8装甲师有被俄国人吃掉的危险，而且敌人还包抄到了他的后路，很有可能切断他的补给线。至于他手头的另一支机动部队——摩托化第3师，此时也遭到了苏军猛攻，自顾不暇。对于这些"极不愉快"的事实，曼施坦因直到战后还耿耿于怀。在回忆录中，他将当时所面临的困境归咎于没有跟上来掩护其侧翼的党卫军"骷髅"师，归咎于未能和他保持联系的第41摩托化军，甚至还归咎于红军投入的"2个坦克师"，虽然这2个师其实并不存在。

但不管曼施坦因战后怎么想，在当时他所首先需要考虑的是如何解救自己的部队。命令第8装甲师和第3摩托化师后撤是他唯一的选择。但在红军

德军缴获的苏联T28坦克

企图一举拿下列宁格勒的赫普纳大将

昼夜不停的追击下,德军装甲第8师在7月16日已经陷入了包围,只是靠着空中补给和不断的坦克反冲击,这个装甲师才从口袋里逃了出来。而德国第3摩托师在摆脱苏军追击前,遭到了17次攻击。在混乱当中,曼施坦因摩托化第56军后勤部队所属的400多辆汽车也被丢给苏军。

按照曼施坦因本人的说法,此次战斗后,他所属的3个师自"巴巴罗萨"开始以来的兵员损失已经超过了6000人。主力兵团的第8装甲师可以使用的坦克从175辆减少到80辆,连同短期内可以修复的坦克也只有150辆[1]。而在战争开始时,该师有212辆坦克。直到7月18日,在得到摩托化第56军和第1军掩护后,曼施坦因才在后撤了大约40公里后稳住阵脚。第8装甲师因为损失太大,于8月5日转为北方集团军群预备队,暂时离开一线[2]。

第4装甲集群其他部队的损失也很大。如第1装甲师开战时有145辆可用坦克,到7月22日只剩下79辆。德军第4装甲集群的列宁格勒攻势至此宣告失败。

[1]《失去的胜利》,第184页。
[2]《装甲军团》,第88页。

德军机枪小组

当赫普纳失败的同时，北方集团军群在其他方向也陷入恶战。在爱沙尼亚进攻的德国第18集团军，使用第26、42军4个步兵师[1]，与塔林方向的苏军第8集团军第10步兵军打得不可开交。德军虽发动多次进攻，但至7月22日被一一击退。战事发展到了塔林附近。同期，苏联波罗的海舰队连续遭受打击，除了一些小型舰艇外，7月19日，驱逐舰"塞德蒂"号被德军的J-88轰炸机炸沉。7月27日，驱逐舰"斯梅伊"号在里加湾被德国海军S-54号鱼雷艇击沉。北方舰队的驱逐舰"斯特里米滕雷内"号也在7月20日被德军的Ju-87炸沉。7月11日，德国海军C指挥部进驻占领不久的里加，负责波罗的海的交通线安全。北方集团军群自开战以来后勤供给一直很糟糕，现在雨季又冲坏了道路，所以现在迫切需要德国海军用海运弥补其后勤供应的不足。7月中旬，德国海军又组建了"东部护航指挥部"，负责保护从德国开往库尔兰半岛和里加的运输船，管辖有第3巡逻艇分队，第15、17扫雷队，第11反潜舰队[2]。

在拉多加湖地区，芬兰军队应德军要求于7月10日17时发起进攻（参阅上卷）。当天行动的是芬兰"卡累利阿"方面军（6个芬兰师加上德国第163师），他们迫使拉多加湖以东的苏联第7集团军慢慢向东南方撤退。7月22日，芬军推进到1940年以前的芬苏边界附近，可随后就暂停进攻。

德国人暂时指望不上芬兰。而赫普纳的失败更给德军高层极大震动。7月17日，从北方集团军群司令部返回的德国陆军总司令布劳希奇元帅告诉哈

[1] 《列宁格勒之战 1941—1944》，第46页。
[2] 《北方集团军群》，第50页。

尔德："我军各部队的战斗编成急剧减少。"这次失败对希特勒的影响更大,同样在7月17日,他甚至考虑从中央集团军群调动第3装甲集群来支援北方集团军群。北方集团军群司令勒布也认为,攻下列宁格勒需要35个师,而他目前手下只有30个师,其中还有4个师用来配合中央集团军群。所以这仗是打不下去的。

7月19日,德国北方集团军群得到命令:在爱沙尼亚方面的第18集团军抽调出兵力与第4装甲集群会合,以及第4装甲集群向前突出暴露的东部侧翼得到第16集团军掩护之前,暂停进攻列宁格勒。德军转而沿卢加河实施防御。

沿着公路开进的德国坦克

# 之二：德军第一次进攻基辅

## 1941年7月初的东线南部形势

1941年7月的苏德战场南段，在从北面的莫济里（位于普里皮亚济河中游），一直向南延伸到黑海沿岸的漫长战线上，苏德两军部署了几个重兵集团。

在红军方面，其整个苏德战场南部的部队在7月10日以后，全部由西南战略方向总指挥部指挥。该指挥部的总司令是已经63岁的老红军元帅，内战时代的骑兵英雄布琼尼，他是苏联最早5个元帅之一。在大清洗中，5位元帅中有3位被处死或者失踪，而布琼尼和伏罗希洛夫是仅有的2个幸存者。和伏罗希洛夫一样，布琼尼同样是一个对现代战争一窍不通的内战英雄，但和喜欢充当艺术保护人并且有着一副好嗓子的伏罗希洛夫所不同的是，老骑兵布琼尼似乎对喝酒和足球更感兴趣。

布琼尼元帅

> **布琼尼元帅**
> 1883年出生于一个贫农家庭，第一次世界大战时是沙俄军队高加索骑兵师北方龙骑兵第18团的上士，参加过在德国和奥地利境内的战斗。内战时代，布琼尼作为特别骑兵师的旅长参加了察里津战役，而当时斯大林正在那个地区。1919年，他被任命为红军第1骑兵集团军司令，并参加了对邓尼金、弗兰格尔和波兰军队的作战，成为著名的英雄。1935年他被授予苏联元帅称号。作为斯大林特别宠爱的红军元帅，他不仅躲过了政治清洗，而且还在苏德战争初期被多次委以重任，但表现却总是差强人意。1943年1月，他最终被斯大林任命为红军骑兵司令，从此就不怎么参与前线的战斗了。

在这位红军元帅指挥下的部队包括红军的2个方面军：基尔波诺斯上将指挥的红军西南方面军和科涅列夫大将指挥的南方面军。另外由他指挥的还有黑海舰队。在7月初，上述两个方面军共有86个师的部队，可是兵员人数却从6月22日的120万人下降到了99.17万人，其中还包括了航空部队。西南方面军原本拥有苏联最强大的装甲部队，坦克总数超过5000辆。可到7月初中旬就只剩下不到10%。不过南方面军在边境交战中损失很小，到7月22日还有866辆坦克（含需要修理的坦克）[1]。

向上述红军发动进攻的轴心国部队，主要是龙德施泰特陆军元帅的德国南方集团军群。以及配合其作战的罗马尼亚第3、4集团军，以及匈牙利和斯洛伐克的军队。7月12日，其总兵力为74个师16个旅。

其中有56个德国师（内有6个装甲师和5个摩托化师）。这包括正从预备队调来的几个师（含第2装甲师）。罗军有16个师10个旅（含1个装甲旅）；斯洛伐克军有2个步兵师又1个摩托化旅（有132辆坦克和43辆装甲车[2]）；匈牙利军有5个旅。

综合起来，在苏德战场南部，仅德国陆军部队就不少于90万人。德国的盟军兵力另有40万人左右。

此时在苏德战场南部，双方在两个主要方向展开交战：

一个是南侧的比萨拉比亚和乌克兰南部地区。在这个辅助方向，德国第

---
[1]《摇晃的大国：红军在战争前夕》，第232页。
[2]《巴巴罗萨战役(1)南方集团军群》，第28页。

德国第1装甲集群的油料补给基地　1941年8月

11集团军(7个师)正联手罗马尼亚的2个集团军,压迫红军南方面军主力。

而双方的主力——德国南方集团军群主力,红军西南方面军,则在另一个方向——以乌克兰首都基辅为核心的乌克兰西北部展开激烈战斗。

### 德军南方集团军群作战序列 1941年7月12日[①]

司令：龙德施泰特元帅

直属：匈牙利快速军：匈第1、2摩托化旅,匈第1骑兵旅

　　　驻罗马尼亚军事代表团

　　　第34军级司令部：第168、132步兵师

　　　第51军：第95、113步兵师

　　　第98、294步兵师（7月14日前尚在调动）

　　　第40摩托化军：第2装甲师（7月13日前尚在调动）

　　　第94步兵师

　　　集团军群后方：第454、444、213警卫师,斯洛伐克第1、2师

第1装甲集群（克莱斯特大将）

　　　第14摩托化军：党卫军维京师,第9装甲师

---

[①]《德意志帝国与第二次世界大战》卷四,第552~553页。

第3摩托化军：第14、13装甲师

第48摩托化军：第16摩托化师，第16、11装甲师，第60摩托化师

第6集团军（赖歇瑙）

直属：第25摩托化师，第68、71步兵师

第17军：第299、79、56、62步兵师

第29军：第298、44步兵师，"希特勒"师，第99轻装师

第55军：第111、75、296、262步兵师

第44军：第57、9步兵师

第4军：第297、24、295步兵师

第17集团军（施图尔纳格尔大将）

直属：斯洛伐克摩托化旅

第49山地军：第97轻装师，第4、1山地师，第125步兵师

第52军：第257步兵师，第101、100轻装师

第11集团军（朔贝特大将）

直属：第46、73步兵师（7月13日前尚在调动）

罗第3集团军：罗山地军（罗第4、1、2山地旅）

罗第4集团军：罗第11军（罗第2、1要塞旅），罗第5军（罗第7骑兵旅，罗第21步兵师，罗近卫师），罗第3军（罗边防师、罗第15、11步兵师）

罗骑兵军：罗6、5、8骑兵旅

第11军：第239、22、76步兵师

罗第4军：罗第6步兵师

第30军：第198、170步兵师，罗第13、14、8步兵师

第54军：第50、72步兵师，罗第35、5步兵师，罗装甲旅

（独立在苏德战场作战的仆从军部队不在序列内）

---

**基辅**

始建于6—7世纪的千年古城基辅，位于第聂伯河中游，第聂伯河和杰斯纳河的汇合处，是苏联第三大城市，也是资源丰富的乌克兰加盟共和国首府。作为一条自古以来就非常重要的经贸交通枢纽，基辅不仅迎来过四面八方来往的客商，也遭到了从蒙古人、波兰人，到德国人的无数强敌的进犯。到了近代的19世纪，随着铁路和蒸汽船的出现，基辅又成为通向顿涅茨工业区和高加索油田的必经之路，连接着整个乌克兰和俄国西部地区，其战略价值得到了更大的提升。在苏联时代又成为了重要的机器制造、冶金、化学和纺织中心。

苏德战争初期的1941年夏秋之际，苏德两军围绕该城展开了一场规模巨大的会战，其结局对今后的战争进程产生了极为深远的影响，而此战役中双方决策的得失也成为战后史学界不断争论的焦点。

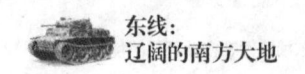

## 基辅城下的首次较量

在以基辅为中心的乌克兰西北部地区，战争形势完全不同于北部的列宁格勒和中部的斯摩棱斯克地区。在这个方向，德军南方集团军群到7月初为止还远远没有消灭红军西南方面军（那时布琼尼还没有担任红军西南战略方向总指挥部总司令），而仅仅打退了这个方面军的反击，迫使其向东撤退而已。

但从苏联的角度来看，基尔波诺斯麾下西南方面军虽然保存了主力，但在国境交战中的损失也绝不轻微。在战争爆发前，由于斯大林判断德军的主攻方向将选择在南方乌克兰地区，所以他将最强大的兵力配置给西南方面军。在苏德战争爆发的6月22日当天，该方面军拥有近87万兵员，坦克4525辆（不包括步兵、骑兵、空降兵师所属坦克），作战飞机1913架，实力极为雄厚。但在6月22日至7月6日边境交战中，没有完成准备就贸然投入反击作战的西南方面军遭到巨大损失。至7月7日，该方面军兵员总数降至62.7万人，编成44个师，包括26个步兵师、1个骑兵师、4个摩托化师、13个坦克师、6个空降旅和12个筑垒地域。这些部队很多都严重缺额。如第6集团军所辖的第197步兵师当时仅有1485人和9门火炮，实力甚至远远比不上德国军队的一个团。

红军坦克部队和航空部队的情况更糟糕。在边境战斗中，西南方面军被击毁或丢弃了4381辆坦克和约1218架作战飞机。7月10日，整个方面军仅余400多辆坦克，其中新式坦克更是寥寥无几。再到7月15日，西南方面军所辖各机械化军合计只剩下470辆坦克。其中第20坦克师只有1辆坦克幸存。此时，西南方面军可用的作战飞机也只剩下249架（含129架战斗机），另有131架飞机不能使用。

与苏西南方面军对峙的德国南方集团军群主力部队实力要雄厚一些。其在西南方面军当面展开了38个德国陆军师,包括第1装甲集群(拥有南方集团军群全部的机动部队——5个装甲师和5个摩托化师),第6、17集团军。另外在这个方向上还有匈牙利的快速部队和斯洛伐克军2个师1个旅,他们的任务是配合德国军队作战。因此,苏联西南方面军当面的轴心国军队不少于40个师6个旅。

德军的兵团数量虽然略少于红军,但由于其部队的编制员额远远超过那些被打得七零八落的红军师,因此其总兵力不下80万人,其中还不包括支援该集团军群的第4航空队(红军的方面军兵力统计一般都包括航空部队)。南方集团军群这时可以使用的坦克强击火炮数量,已经从开战时的800多辆下降到500多辆(包括各装甲师和独立部队的装备),第4航空队飞机总数从1000余架降到800余架。

总体来说,德军的兵力比红军要多一些,而在坦克和飞机的数量、质量上也处于优势地位。同时德军在摩托化程度更是远远超过了红军,这一点对于德军顺利实施以后的作战起到了很大作用。

边境交战失败后,红军西南方面军在科罗斯坚附近被德国南方集团军群

战壕里的苏联步兵,属于西南方面军

的快速突击集团——第1装甲集群和第6集团军——分割成了两个部分。一个部分是波塔波夫少将指挥的第5集团军。该集团军被德国南方集团军群拦在科罗斯坚沼泽地区以北的普里皮亚济河中游,处在德军南方集团军群和中央集团军群的南北夹击当中,但同时也成为德军这两个集团军群之间的巨大障碍;另一部分,即在科罗斯坚沼泽地区以南的红军西南方面军主力部队,则计划向旧国界筑垒地带的舍佩托夫卡—普罗斯库夫一线撤退。但德南方集团军群第1装甲集群却在克莱斯特陆军大将指挥下,凭借较高的摩托化机动能力,抢先于7月5日到达了这一地区。

指挥第1装甲集群的克莱斯特将军

德军的行动给苏联人造成了极大混乱,但也给自己带来了麻烦。被德国第1装甲集群的装甲楔子分割开的红军,反过头来对这个楔子发动了猛烈反攻。苏军第5集团军从北面,第6集团军从南面,不断攻击德军脆弱的补给线,并且在已经不算强大的机械化部队支援下,向德军第1装甲集群和第6集团军发动冲击,导致德国军队的攻势被迟滞2日之久。德军克莱斯特陆军大将为了避开红军从北面对其侧翼造成的威胁,只得放弃原定从红军第5集团军所在的普里皮亚季地区进攻的计划,改从南面的沃伦斯基新城西北地区继续前进。

这次克莱斯特的运气不错。由于红军尚未在旧国界组织起有效的防御,他的第1装甲集群右翼得以顺利推进。到了7月7日,该装甲集群右翼的摩托化第48军已经在新米罗波尔以北地域突破苏军防御,当晚攻占别尔季切夫。就在这天,第1装甲集群所属摩托化第3军和第6集团军的第29军编成所谓的"基辅突击集群",准备进攻基辅城。而第6集团军右翼的第44、55军则推进到了别尔季切夫的南面。

就在德军南方集团军群第1装甲集群突破苏军在日托米尔、别尔季切夫的旧国界筑垒地域的防御,打开通向基辅的道路的同时,希特勒和德军领导集团们却正为该地区下一步的作战争论不休。在7月8日,一向听话的德国陆军总司令瓦·冯·布劳希奇元帅向希特勒提出了自己的建议:第1装甲集群不应该立刻进攻基辅,而要把快速部队从别尔季切夫调往南面,协助那里的德国陆军第17集团军包围第聂伯河下游弯曲部的苏军。而在基辅方向只需留有第6集团军的一部兵力。

对布劳希奇的建议,希特勒大不以为然。他要求第1装甲集群立刻占领基辅,同时德军快速部队应该推进到了第聂伯河对岸,对红军西南方面军进行更大规模的包围。

按照希特勒的指示,第1装甲集群第3摩托化军在冯·马肯森骑兵上将指挥下,于7月9日迅速冲向基辅,当天就占领了基辅西南重要的交通枢纽日托米尔。7月10日,德国第13装甲师与基辅的距离只剩下16公里,士兵们已经看到了教堂的尖顶。第二天,第14装甲师也赶到了。很快又开来了第25摩托化师①。7月11日,第3摩托化军先头部队进抵基辅以西15~20公里处。德国坦克与乌克兰首都之间只隔了一条河岸都是沼泽的伊尔片河。马肯森此刻正迫切希望他的坦克直接闯入乌克兰的首都。

为了阻止这股德军,苏军紧急出动20架新式的伊尔-2飞机,袭击行进中的装甲纵队。

德军的小型迫击炮

---

① 《巴巴罗萨战役(1)南方集团军群》,第45页。

德国陆军总司令布劳希奇元帅访问南方集团军群司令部　1941年7月

另一方面,苏联也在基辅火速集结起一支守军,包括3个步兵师、1个空降旅、1个坦克团、内务部队的摩托化支队、第1基辅炮兵学校、2个反坦克营。2.9万名民兵。一场激烈的巷战眼看一触即发。基尔波诺斯还命令红军第5集团军和第26集团军,从侧翼挤压德国第1装甲集群。

但这时希特勒的头脑却冷静了下来。按照布劳希奇元帅的报告,德军南方集团军群的左翼部队,即第6集团军,由于受到红军第5集团军的钳制,加上其物资补给困难,因此无法向基辅方面前进;中路克莱斯特的装甲先头部队虽然兵临基辅,却把本来应该掩护他的步兵部队丢在了200公里之外,处境颇为险恶;南方集团军群右翼的第17、11集团军本身兵力薄弱,而且缺乏快速部队,也几乎无法切断红军的退路。

鉴于这些情况,希特勒接受了布劳希奇的建议,在7月10日作出最后决定。德军第1装甲集群主力将在第6集团军配合下,从别尔季切夫转向东南方向,然后在文尼察阻截红军的退路。而向原定的目标——第聂伯河,德国人将仅仅派出第3摩托化军和少量步兵部队。为了让装甲部队不至于被城市攻坚战所牵制,而能够迅速插入红军纵深地带实施合围,同时也为了防止宝贵的坦克在巷战中遭受损失,希特勒还下令禁止装甲部队进入基辅。对希特勒的指示,德国南方集团军群作了一个修正,改为在更为深远一些的白采尔科维地域向乌曼以东发展进攻,以期捕捉到更多的红军。在很多情况下,德国的前线将领要比他们的"元首"更为"乐观"。

在德军南方集团军群第1装甲集群兵临基辅城下,并向红军纵深挺进的同时,在其南面的德军第17集团军进展却非常缓慢。由于遭到了红军机械化部队突如其来的反击,该集团军和德军第11集团军(该集团军主要对付红军南方面军)未能完成将红军西南方面军主力包围的计划。在以后的日子里,由于滂沱的大雨导致道路泥泞,加上红军后卫部队的顽强抵抗,两个德国集团军只能以很慢的速度向前推进,他们的官兵在广阔的乌克兰大地行军时感到自己就像汪洋大海里的一片孤舟。但到了7月10日左右,这些已经疲惫不堪的部队还是分别到达了普罗斯库罗夫地域和德涅斯特河,威胁着红军西南方面军的后方。他们将配合正从北面包抄过来的德军第1装甲集群,围歼红军西南方面军的主力部队。

至此,在乌克兰西北部地区,德军第1装甲集群和第6、17集团军在第11集团军的侧翼配合下,已经对苏军西南方面军第26、6、12集团军实施了初步的分割包围,而基辅也面临着德军快速部队的直接威胁,形势岌岌可危。虽然按希特勒的命令,德军装甲部队主力在基辅前方南下,但至7月21日,他们在基辅城对面还是集中

苏联西南方面军的狙击手

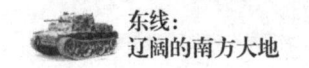

了如下兵力(从北向南)[①]：

第168、111步兵师，党卫军"希特勒"师，第25摩托化师，第13装甲师，第60摩托化师，第9装甲师。

但远在莫斯科的斯大林却还并不准备向德国人让出基辅和整个乌克兰。或许是为了表明自己的决心，就在7月10日这天14时，斯大林打电报给乌克兰共产党第一书记赫鲁晓夫，完全拒绝了他在7月9日的电报中关于在撤退过程中销毁所有不能转移的贵重物资、粮食和牲畜的建议[②]。7月11日，斯大林又打电报给赫鲁晓夫，他说的话差点把对方给吓得跌个大跟头："据可靠消息，你们西南方面军的指挥员和军事委员现在惊慌失措，打算把军队撤到第聂伯河左岸，我警告你们，假如你们向第聂伯河左岸撤退一步，你们将丢掉第聂伯河右岸的乌拉尔地区，你们所有的人将被作为懦夫和逃兵而加以严惩。"

被吓坏了的赫鲁晓夫和西南方面军司令员基尔波诺斯慌忙在第二天给斯大林打了一个回电，辩解说他们并不像斯大林所说的那样准备逃跑，而是要坚守第聂伯河右岸、全乌拉尔地区和基辅，消灭德国军队。在领袖的威胁下，任何事情都是不容商量的。

虽然赫鲁晓夫和基尔波诺斯表示了自己的决心，但斯大林却并没有把希望全部都寄托在他们身上。就在发送上述电报的同时，前面提到的那位布琼尼被斯大林任命为了西南战略方向总指挥部总司令。这个老骑兵到任后发

在乌克兰战场，德国山地步兵的反坦克小组搭载橡皮筏渡河

---

[①]《南方集团军群：德国武装部队在俄国》，第31页。
[②]《斯大林年谱》，第555页。

在乌克兰行军的德军,路旁是苏军丢弃的T-37坦克

布的第1号命令就是:"不许后退一步。要坚守和反击。"

布琼尼的命令得到了不打折扣的执行:在坚守方面,1941年8月,在"基辅筑垒地域"和收容的溃散部队基础上组建了新的第37集团军[①],担负基辅防御任务。前第4机械化军军长弗拉索夫——一个我们以后还要多次提到的复杂人物——被任命为第37集团军司令员。这位新任司令员曾经和斯大林一样是神学院的学生,参加红军后一贯表现良好,同时如他1938年的党内鉴定所言,在"消灭所部破坏分子残余的问题上做了很多工作(也就是说弗拉索夫在大清洗中表现积极)"[②]。战前,弗拉索夫指挥第99步兵师期间,这个师成为基辅军区最优秀的部队之一。作为军事专家的弗拉索夫还被派往中国,帮助蒋介石进行抗日战争。边境交战中,弗拉索夫指挥苏联最强坦克军团之一的第4机械化军,却被困在利沃夫地区无所作为而溃散。但这似乎没有影响对弗拉索夫的评价。

现在,在基辅城下,被赫鲁晓夫和基尔波诺斯赋予全权的弗拉索夫再次不负厚望。在他干练而有力的领导下,第37集团军在基辅迅速组织起了牢固的

---

① 《苏联军事百科全书·军事历史》上,第163页。
② 《胜利与悲剧》下,第266页。

德国南方集团军群的装甲列车

防御。红军在他们的阵地内布设了10万余枚反坦克、反步兵地雷,并且在前沿地带设置了16公里长的电气铁丝网障碍物。在基辅附近的河岸和皱谷,苏军还构筑了崖壁,在树林中则安排了布设地雷的树干鹿寨。

在侧翼,红军第5和第6集团军再度出击。第5集团军从北面的科罗斯坚,第6集团军从南面的卡扎京,向德第1装甲集群发起反突击。

红军第6集团军主要进攻矛头指向德国摩托化第48军所处的别尔季切夫地域。这个集团军现在实力很弱,所辖第10坦克师只有3450人和6辆坦克,第197步兵师残剩1485人和9门火炮。第6集团军的坦克部队在突破德军的防御后冲入了市内,但却被德国人从后方截断了退路。在被包围的红军突击部队中,一辆由中尉扎宾驾驶的KV坦克再次证实了这种重型战车装甲的坚固:这辆坦克在被德军炮火打断了履带后,停在别尔季切夫的街上,和从四面八方冲过来的德军坦克以及配合其行动的反坦克炮打了整整一个昼夜。在此期间,其坦克乘员则冒着敌人猛烈的炮火爬出来对坦克进行修理。最后这辆KV坦克排除了故障并回到了红军的防线,而在其车体装甲板却留下了30多个大坑,坦克炮塔基座处还插着一发德国炮弹。

北面红军第5集团军的作战行动给德国人造成的威胁要比第6集团军严重得多。这个集团军当时下辖有2个步兵军和3个机械化军，约13个师。虽然部队不少，但作战实力却严重不足。以其所辖的第9机械化军（军长罗科索夫斯基）为例，在战争爆发时曾经拥有258辆坦克的这个军，到了7月10日仅有1.1万人、64辆坦克、30辆装甲车、58门火炮①。

苏联西南方面军战区内的一次战利品小展示

红军第5集团军司令员——坦克兵少将波塔波夫，是一位出色的指挥员，一位在苏联和西方资料中均得到重视的人物。在苏军部队普遍处于混乱之际，他却能够始终将部队聚拢在一起，从而实施有效的指挥。战斗中，他以科罗斯坚地区的沼泽地为掩护，运用准确而密集的火力打击沿道路前进的德军部队。

对此，甚至对苏联极有偏见的英国历史学家西顿，也在他的著作里描绘道：由于第5集团军"猛烈而准确的炮火"，造成到处是"遍地瓦砾的废墟和弹痕累累的道路"。他所说的这次战斗，大概指的是在边境交战时的6月28日，第5集团军第9机械化军，用少量坦克将德军第13装甲师引诱到红军火炮阵地面前予以重创的战例。波塔波夫本人因此成为得到德国统帅部特别关注的人物。

反击当中，波塔波夫的表现同样出色。7月9日，他麾下的部队才刚刚撤退到指定地域，立刻受命在夜色中开始准备进攻。10个小时（其中6～7个小

---

①《军事学术史》，第315页。

德军半履带车牵引的88毫米口径高炮

时是夜间)后,也就是7月10日凌晨4时,苏联第31步兵军在第9、19、22机械化军残部掩护下,开始攻击德国第6集团军北部集群5个师。战斗中,德军打退了第31步兵军,但俄国坦克还是在日终切断了德国人在日托米尔与弗拉季米尔—沃伦斯基之间的公路补给线。

这一威胁非同小可,基辅前线的德国第3摩托化军因此很快面临物资短缺的困境。德军不得不从基辅方向和第聂伯河陆续调来10个步兵师对付波塔波夫,并以第25摩托化师和"希特勒"师发动强大反击,试图夺回补给线。苏联第5集团军所面对的德军最初只有第6集团军所属的第17、29军,兵力为5个师。而在战斗开始后,德军却陆续增加到18个基本齐装满员的野战师。到7月19日,德国第6集团军所辖兵力总计有21个师。

红军第5集团军的行动给德军造成了严重的损失,在很多德国部队的记录中都可以找到证据。德军第98步兵师在科罗斯坚地域与红军第5集团军的战斗中,在短短11天时间内就损失了2378人,其中在8月12日一天的战斗中,该师第289团第3连就被打死了48人,打伤148人[1],这个连几乎覆灭。而德军

[1]《德国步兵师手册》,第197页。

第262步兵师则在7月17日至8月7日的战斗中,被第5集团军的部队打死634人,打伤1664人,另有295人失踪,总损失为2593人。而其他与第5集团军作战的德军参战部队也蒙受了不小的损失。对于这个红军集团军,希特勒可谓恨之入骨,在以后的日子里,远在东普鲁士大本营的这位纳粹元首不断在命令中做出要求,命令前线部队"全歼俄国第5集团军",但却无法实现。后来到1941年8月德中央集团军群部队南下配合南方集团军群攻占基辅之时,希特勒还没有忘记命令中央集团军群抽调足够兵力歼灭这个"眼中钉"。

红军的反击不仅来自地面,也来自空中。为了阻止德国军队在基辅西南的进攻,西南方面军航空兵进行了猛烈的反击。对此德国战史评价为"俄国军也首次将优势战斗机歼击机部队投入战斗"。由于云层过低,德国战斗机无法进行拦截,使得红军航空兵在对德军地面部队的攻击中取得了一定的战果。在这个方向其后的空战中,据说党卫队头子海德里希也曾经在德国空军第77战斗航空联队编成内参战。虽然这位爱出风头的纳粹头子得到了德国空军飞行员们的百般保护,但仍然在7月22日被击落。虽然他本人幸而没有受重伤,但也只好在没有取得任何战果的情况下离开了东线。

红军陆空部队在基辅城下的反击在7月15日以前暂时阻止了德军前进。虽然德国人此后又组织起了进攻,但却不能让其统帅部的领导们满意。7月18日,德国陆军总参谋长哈尔德在日

德军闯入一个火车站,平板车上还有刚运到的KV1重型坦克

观看战况的龙德施泰特元帅

记中非常不满地写道,"南方集团军群的仗打得越来越不像样","在集团军的正面北段,被(红军)牵制的兵力大大超过了应有的数量,第1装甲集群对敌军迂回的侧翼未能向南推进","而第17集团军的突击兵团又过于靠拢坦克部队,以至于到现在也未能大量合围敌军"。

德国南方集团军群进行着战术调整。7月19日,南方集团军群管辖的兵力相当庞大,包括54个德国师(含5个装甲师),另有大量仆从军:1个匈牙利快速军(3个旅)、2个斯洛伐克师、1个斯洛伐克旅、10个罗马尼亚师、10个罗马尼亚旅。意大利摩托化军也在7月13日至8月3日之间运送[1]。

此时德军的物资消耗相当惊人。7月25日一天内,一个德国师就发射了121吨弹药。16天内的弹药消耗总计800吨[2]。与此同时,南方集团军群的后勤状况却相当不妙。到7月19日,该集团军群的重型运输队的运输车辆已经有一半丧失了行动能力,这迫使德国人在第二天只得强迫当地的农民来运输德军所需要的弹药和补给。各部队为了从有限的物资中获得尽可能多的份额而互相争执,甚至发展到抢劫友邻部队的补给列车的程度。

在物资缺乏,步兵又无法跟上坦克部队的情况下,南方集团军群的机动铁拳——第1装甲集群已经不太可能向红军更深远的纵深发动攻击。在苏德战场南段以后的日子里,德军只能按照希特勒在7月10日的指示,从乌曼方向另外寻找战机。同时,德军南方集团军群司令龙德施泰特元帅决心解决掉在南方集团军群和中央集团军群接合部之间活动频繁的红军第5集团军,该集团军在波塔波夫这个让德国人头疼的红军少将指挥下,不但使龙德施泰特无法

---

[1]《德意志帝国与第二次世界大战》卷四,第554—555页。
[2]《南方集团军群》,第43页。

和德国中央集团军群建立起联系，而且还对德国第1装甲集群的侧翼构成了严重威胁。

7月17日，为了消除这个威胁，南方集团军群司令部命令第6集团军向苏军第5集团军发动攻击，将其赶到第聂伯河。但在第5集团军的顽强抵抗下，德国第6集团军没有取得什么战果。到了8月9日，南方集团军群司令部也只好命令第6集团军暂停进攻。同时，该集团军所属的第4军被配属给第1装甲集群。直到8月下旬，在德军增调兵力后，坚守科罗斯坚沼泽地区达一个半月之久的苏军第5集团军才奉命撤退到第聂伯河以东，在基辅以北组织防御。

德军的Ju-87俯冲轰炸机

## 乌曼歼灭战

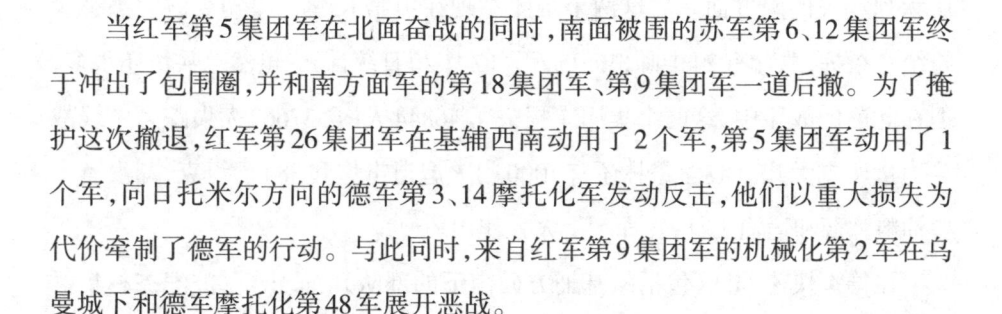

当红军第5集团军在北面奋战的同时，南面被围的苏军第6、12集团军终于冲出了包围圈，并和南方面军的第18集团军、第9集团军一道后撤。为了掩护这次撤退，红军第26集团军在基辅西南动用了2个军，第5集团军动用了1个军，向日托米尔方向的德军第3、14摩托化军发动反击，他们以重大损失为代价牵制了德军的行动。与此同时，来自红军第9集团军的机械化第2军在乌曼城下和德军摩托化第48军展开恶战。

就在这个当口，苏军发生了严重泄密事件：布琼尼命令秋列涅夫的南方面

德国人让被俘的波涅杰林(左)和基里洛夫(右)坐在一起,拍摄他们进餐的照片

军撤退到德涅斯特河的命令是7月16日下达的。第二天,他又命令秋列涅夫向乌曼地区集结。这些命令落到了德国南方集团军群司令龙德施泰特手中[①]。德国第11集团军(加强有罗第3集团军)趁机派出第11军,于7月17日渡过德涅斯特河(罗军于21日渡河),试图绕到秋列涅夫的后方,在布格河与德涅斯特河之间堵住秋列涅夫。但由于天气恶劣和苏军的激烈抵抗,行动越来越缓慢而且没有装甲师的德国第11集团军没有达成目的。秋列涅夫继续向东撤退。

逃出合围的苏联第6、12集团军此时也退到了乌曼方向,并于7月25日归属秋列涅夫的南方面军。这两个集团军现在由第12集团军司令波涅杰林少将统一指挥,总计有24个师,12.95万人(7月20日统计)。虽然总兵员还很多,但在此前的战斗中,这两个集团军损失了46844人(含27667人失踪),一线战斗力量所剩无几。波涅杰林还有1000门火炮迫击炮和384辆坦克,却没有多少油料弹药和运输工具,发挥不了太大作用。

在德军快速部队(包括从基辅方向南下的部队)的追击下,波涅杰林集群

---

[①]《巴巴罗萨战役(1)南方集团军群》,第43页。

被德军俘获的苏联第12集团军司令波涅杰林少将(中)

的处境依然极为危险。尤其是德国人集中了13个基本满员师和200辆坦克对付他,空中还有大量德国飞机狂轰滥炸。此前,苏联统帅部命令波涅杰林与第26集团军建立联系,德军却增加了2个步兵师和"希特勒"师的摩托化团,并以第48摩托化军强化对波涅杰林的阻截。激战导致伤亡不断增加,苏军各师很快只剩下1000~4000人,炮兵还有1/4,弹药燃料几乎耗尽。7月25日,布琼尼元帅绝望地向红军统帅部报告:"拯救第6、12集团军的一切企图都失败了。" 7月30日,德军第1装甲集群击退了苏军第26集团军2个军的反突击,以肯普夫的第48摩托化军从东面迂回乌曼,同时,德国第17集团军也以第49山地军在东南方向攻击,企图切断波涅杰林的退路。8月初,南方集团军群又下令抽出基辅前方的所有机动部队,而以第6集团军第55、29军的步兵单位代替[1]。不过,立刻能用上的装甲部队还不多,于是以第11、16装甲师组成"施韦德勒"集群,从北面直插乌曼。

8月1日,波涅杰林发出告急电文:部队将陷入包围,没有预备队,弹药和燃料都已耗尽。第二天的8月2日,德国第11装甲师(第1装甲集群)和第1山

---

[1]《德意志帝国与第二次世界大战》卷四,第567页。

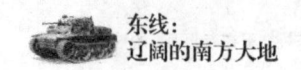

地步兵师(第17集团军)会合于西尼察河,截断了波涅杰林的退路。8月3日,德军在五一城附近巩固了包围圈。于是,2个刚刚逃出合围的苏联集团军,此时又同第18集团军一部一道在乌曼地区遭到德南方集团军群的包围。

根据苏联自己的报告,陷入包围的总计有11万人,但步兵在之前大部分打光了,剩下的大部分都是后勤人员。被围部队名义上共有18个师和机械化第4、15军,可是很多师兵员数量不到编制1/3。比如第12集团军所辖第44山地师,到7月21日缺额达5000多人,还缺少3000支步枪和66挺重机枪。被困的2个机械化军加起来也只有50多辆坦克。

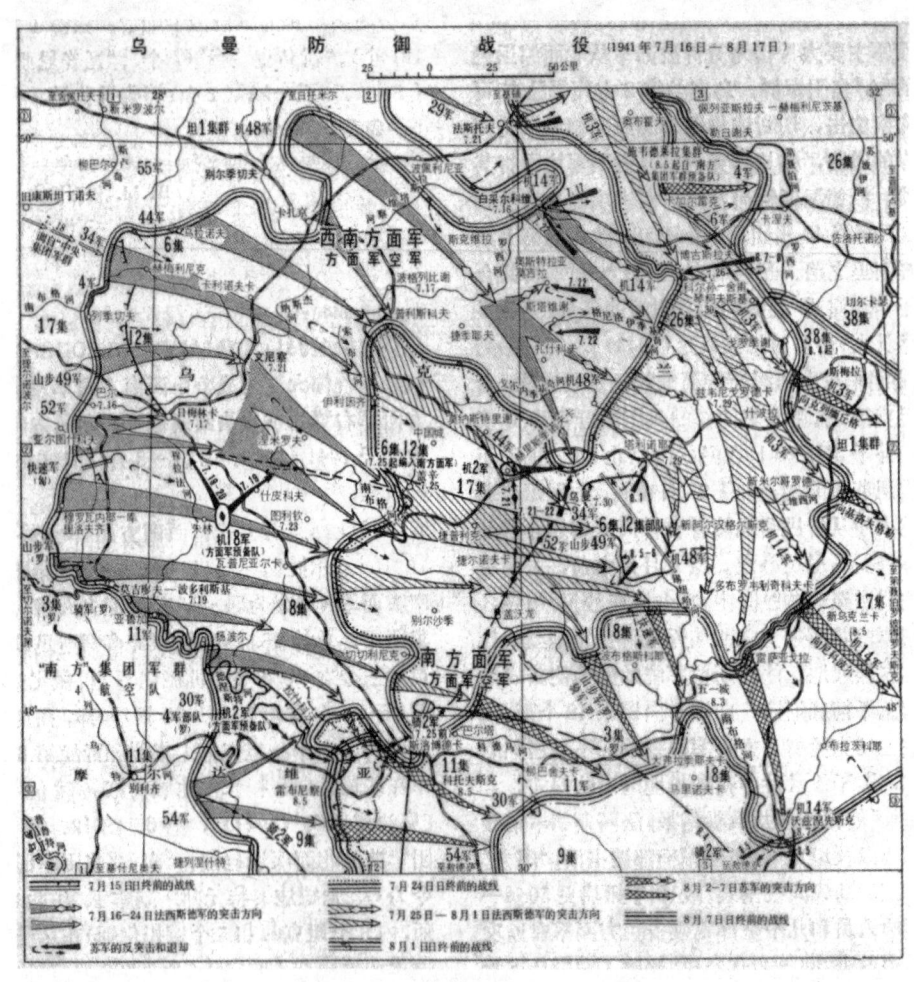

乌曼之战

乌曼作战期间的德国第9装甲师

直接围困这股苏军的德国部队，根据德军战术地图所示，共有11个师（不含外部包围圈的第9、16装甲师），包括：第11装甲师，第1、4山地师，党卫军"希特勒"师，第100、101轻装师，第257、295、97、125、297步兵师①。另外，第24步兵师，第16摩托化师和匈牙利快速军一部也参加了对包围圈的清除作战②。克莱斯特的第1装甲集群用8个师从东面，第17集团军和匈牙利快速军从西面以及西南面，迅速挤压并分割了被包围的苏军。

此时俄国人的战力已经衰微到极点，却没有放弃冲出包围圈的努力。他们有些徒步、有些搭乘卡车、有些开着坦克，不断冲向德军的封锁线。德国人描述苏军的突围势头宛如"风暴"，一波一波连续不断。一群红军士兵甚至反过来包围了德军第4山地师第94山炮团的一个连。4天内，这个连的炮手用4门火炮，向不断冲过来的俄国人打出了1150发炮弹。一些俄国士兵和卡车一道被炮火烧成灰烬，空气中弥漫着尸体和橡胶燃烧的臭气。德军也死伤枕藉，

---

① 《巴巴罗萨：希特勒入侵俄国1941》，第122页态势地图。
② 《南方集团军群》，第37—39页。

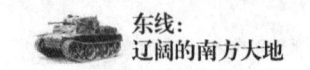

据说仅第49山地军就伤亡了5000多人[1]。

8月8日,乌曼包围圈内的战斗终于结束(但有少数红军官兵坚持到13日)。战场上尸横遍野,德国士兵形容就像"一个巨大坟场"。德国官方宣布,有3个红军集团军被全歼,具体战果包括歼灭25个苏联师,俘获了10.3万名苏军官兵,还缴获坦克317辆、火炮858门、反坦克炮和高射炮242门、载重汽车5250辆、铁路列车12列[2]。被俘者中包括第12集团军司令波涅杰林少将,第6集团军司令穆济琴科中将,第13步兵军军长基里洛夫,以及另外3个军长和11个师长。还有2个军长和6个师长阵亡。

乌曼之战苏联损失的兵力,与其他战役相比并不算太多。但高级军官的死亡和被俘数量却相当惊人。这令斯大林大为震怒,于8月12日打电报给布琼尼,指责南方面军司令秋列涅夫"无能",在别人损失不了几个团的情况下葬送了2个集团军。秋列涅夫因此被撤职。被俘苏联将军的命运各自不同。穆济琴科中将最终活到了胜利,回到苏军后于1947年退役,1970年逝世。而波涅杰林和基里洛夫却被苏联方面无端指责为叛徒,于1941年10月被缺席判处死刑。从德国战俘营获释后,两人于1950年被枪决,1956年才获得平反[3]。

两个集团军的覆灭使得苏军西南方面军的形势更加恶化,其与南方面军接合部被德军打开了一个大口子,从那里,德军随时可以冲过来攻占基辅,并且推进到第聂伯河左岸。在莫斯科的斯大林对此心急如焚,急忙下令签发了大本营第00661号命令,把19个步兵师和5个骑兵师的部队派去加强西南方向。8月4日晚,他越过西南战略方向总司令布琼尼,直接与西南方面军司令员基尔波诺斯和赫鲁晓夫通过博多电报机交谈。斯大林命令,无论如何不能让德国军队进到第聂伯河东岸,而应该在南方面军配合下,沿着从科尔松、卡霍夫卡、克里沃罗格、克列缅丘格、第聂伯河至基辅一线赶快建立起防线。为此他许诺采取包括支援一个火箭炮连在内的一切措施帮助西南方面军。而基

---

[1]《第三帝国:巴巴罗萨》,第73页。
[2]《南方集团军群》,第39页。
[3]《被俘虏的苏联将军》,第309、312页。

丢弃在乌曼包围圈里的苏联T-26坦克

尔波诺斯上将和赫鲁晓夫则请求斯大林批准从科尔松地区向兹维尼格罗德和乌曼方向进攻,斯大林表示同意。在这次谈话中,斯大林拼命为他的将领和干部打气,还要求他们"不光要作好的打算,而且还要作不好的打算,甚至还要作坏的打算,这才是避免困境的唯一办法"。

但在1941年8月8日,坏情况还是不可避免地出现了。这天,奥布斯特费尔德尔步兵上将指挥的德国第6集团军第29军向基辅发动了进攻,守卫那里的是红军第37集团军的4个师和5个民兵旅,其中仅民兵就有3.5万名。他们此前在该城设立了坚固的防御。同时基辅市内前后有20万市民被征入红军。在红军的顽强抵抗下,德国第29军对基辅进攻毫无进展。8月上半月,苏军第37集团军击退了德军在基辅西南的强大攻势。而在基辅以南,就在德军发动进攻前的8月7日,科斯坚科中将正指挥苏军第26集团军发起反突击,并且取得了成功。

由于不利的战场形势,加上德南方集团军群在兵力上并没有绝对优势,而且还面临补给困难的问题,南方集团军群司令龙德施泰特陆军元帅只得在8月12日下令停止对基辅的进攻,并在该城西南郊转入防御。至8月15日,苏军基本恢复了基辅筑垒地域的外围防线。此后,在基辅方向,双方战线暂时趋于平静。

7月份的交战结果无疑会让德军统帅部感到失望。德国人向列宁格勒和

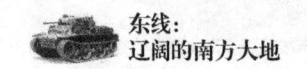

基辅的进攻都未能成功,两座城市仍在俄国人手中。而在东线中部的斯摩棱斯克地区,德军却取得了巨大的战果。

### 苏军西南方面军作战序列

司令：基尔波诺斯上将

直属：机械化第15、9、19、24军及若干步兵军

步兵第80、136、139、140、146、169、190、193、195、196、199、200、227、228师,坦克第10、20、35、37、49、40、43、45师,摩托化第131、208、212、216师,骑兵第32师

第5集团军（波塔波夫少将）：步兵第15、27军,机械化第22军

步兵第45、62、87、124、135师,坦克第19、41师,摩托化第215师

第12集团军（波涅杰林少将）：步兵第13、17军,机械化第16军

步兵第164师,山地第44、47、58、96师,坦克第15、39师,摩托化第218师

第6集团军（穆济琴科中将）：步兵第6、37军,机械化第4军,骑兵第5军,步兵第41、97、159师,坦克第8、32师,摩托化第81师,骑兵第3师

第26集团军（科斯坚科中将）：步兵第8军、机械化第8军

步兵第99、173师,山地第72师,坦克第12、34师,摩托化第7师

# 第三章

# 斯摩棱斯克战役

# 之一：斯摩棱斯克大合围

## 双方企图与兵力部署

在1941年7月初的东线中部地区，刚刚在白俄罗斯大合围围歼了苏军西方面军30多万军队的德军中央集团军群继续向前推进，其先头部队已经推进到了第聂伯河、别列津纳河与西德维纳河一线。俄罗斯的西部重镇，号称"莫斯科之门户"的斯摩棱斯克处于德国军队的严重威胁之下。

> **斯摩棱斯克**
>
> 俄罗斯联邦城市，斯摩棱斯克州首府。这座横跨第聂伯河两岸的城市被大河分成两个部分，南部为老城区，约占城市总面积的2/3，北部为新兴的工业区。斯摩棱斯克州西面紧靠白俄罗斯，东北距离苏联首都莫斯科不到400公里，连接明斯克、莫斯科两地的铁路与公路干线也从该城通过，使该城成为俄国和苏联西部地区重要的交通枢纽。作为莫斯科的门户，俄罗斯传统的西部边境要塞，斯摩棱斯克历来是兵家必争之地，1812年卫国战争期间，俄国军队就曾经和拿破仑大军会战于此。

对这条战线的情况，德军统帅部充满了乐观的情绪。按照布劳希奇和哈尔德等人主持的德国陆军总部（陆军总司令部、陆军总参谋部）的判断，在白俄罗斯大合围中遭到重创的苏军西方面军只剩下一些可怜的残余部队，在他们的"后方已经没有什么预备队，再也支持不下去了"，而强大的德国中央集团军

步行行军的德军

群将轻而易举地使"该方面军还能作战的兵团遭到毁灭"。德国将军加尔杰尔在日记中表达了同样的看法,他写道:"敌人的统帅部行动果敢,敌人的部队在作战中也非常疯狂,但他们后方已经空虚,又没有预备队,因此根本守不住他们的防线。"

德国人对红军西方面军情况的判断虽然不够准确,但也符合一定的事实:在西方面军兵力损失殆尽的情况下,红军西方战略方向总司令兼西方面军司令、苏联元帅谢·康·铁木辛哥此时只能依靠从战略总预备队中抽调的第22、19、20、16、21集团军来弥补巨大的兵力缺口,而将在边境交战中遭到沉重的,甚至是毁灭性打击的第3、4、10、13集团军那些已经名存实亡的部队调到后方进行休整补充。

到1941年7月9日,这位元帅在纸面上能够指挥的兵力包括49个步兵师、6个摩托化师、11个坦克师、2个空降旅、6个筑垒地域。陆空军总人数57.94万人,另外还有大约2200名河区舰队水兵。方面军大多数师的兵员和装备只相当于编制额的10%~30%,很多师每个只有3000人左右[①]。只有少量单位在人员、火炮和坦克数量上超过编制额的50%。

---

① 《巴巴罗萨:希特勒入侵俄国1941》,第79页。

装甲力量方面,此前的7月6日,铁木辛哥曾得到两个几乎齐装满员的机械化军,并立刻用来向德军装甲部队发动反击,结果被完全击溃(参见《东线:巴巴罗萨与十八天国境交战》),残部逃过第聂伯河。这次惨败后,铁木辛哥手头可以使用的坦克大约只有200多辆。纳乌缅科上校指挥下的西方面军航空部队当时大约有370架飞机。

对铁木辛哥来说,更糟糕的情况在于他手头已经如此薄弱的部队,此时却还没有能够集结完毕。从战略总预备队调来的第22、19、20、21、16集团军所属的很多部队此刻还在调动过程中。因此,方面军在沿西德维纳河、第聂伯河中游的阵地上用于防御的部队只有37个师,其中第一线又只有24个残缺不全的师,而且还有4个师是在德国人发动进攻的7月10日才刚刚从火车上下来的。这些部队沿两河一线由北至南依次展开后,在每公里正面至多只能凑齐7~10门火炮,人员也同样稀疏。虽然铁木辛哥元帅为了尽可能建立起防御纵深,而在西方面军防线以东210~240公里处的涅利多沃、布良斯克一线展开了第24和第28预备队集团军,但红军的纵深仍然不够稳固。

德国人对红军的兵力的判断比实际情况还少得多,他们相信在7月10日西方面军的兵力不会超过11个师[1]。这样

行进中的德军装甲摩托化纵队

---

[1]《军事学术史》,第301页。

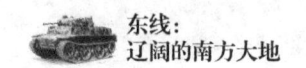

脆弱的兵力在德国将军们的眼里真是不在话下。此刻德国陆军总司令部正期待在中部地区打开通向莫斯科的大门,他们甚至指望"在斯摩棱斯克战役中消灭俄军后……打开通往伏尔加河的道路,占领伏尔加河以西的全部领土",然后就可以"用快速兵团和航空兵消灭俄国残余的工业基地",从而最终结束东线战争。

为了实现上述目标,德军企图利用第4装甲集团军下属的第2、3装甲集群对斯摩棱斯克实施钳形攻势,2个装甲集群将分别在第2、9集团军的步兵部队配合下,夺占该城和通向莫斯科的大陆桥。另外德军第35、42军级司令部7个师的兵力在第一线部队后面跟进,随时准备进行支援。

但就在德国将军们雄心勃勃准备大干一场的时候,他们似乎也忘记了自己部队所面临的问题。单纯从纸面上看,在7月10日,德国中央集团军群有60个师、1个旅的兵力。另外,中央集团军群还得到北方集团军群第16集团军下属的2个军6个师兵力的支援。这些部队所拥有的陆军兵力不少于120万,超过红军一倍以上。

而中央集团军群所辖的机动部队,包括9个装甲师、7个摩托化步兵师以

德国装甲师发动进攻

及其他独立机械化部队加起来,可以使用的坦克不少于1000辆(6月22日有2156辆)。在空中,德军第2航空队牢牢地掌握着制空权。该航空队第8航空军拥有的"容克"Ju-87俯冲轰炸机对陆军的作战给予了有力的支援。以7月28日的空战为例。当天,德军第2航空队出动了696个架次,而当面的苏军各航空部队只出动了327架次,还不到德军的一半。

但另一方面,由于在白俄罗斯地区被围困的红军部队在6月底、7

古德里安(左)与霍特,他们两人指挥的第2、3装甲集群是斯摩棱斯克之战的主力

月初牵制了大约30个德国师的兵力,因此这时实际到达西德维纳河和第聂伯河一线的德国军队,只有第4装甲集团军(包括第2、3装甲集群的部队)和第9、2集团军的少量先遣兵团,总计29个师。但9个装甲师和7个摩托化师都冲上来了(相关细节参阅《东线:巴巴罗萨与十八天国境交战》)。

在如此众多的步兵兵团被牵制在后方的情况下,希特勒对于是否在苏德战场中部继续追击显得有些犹豫。首先,他担心装甲部队在缺乏步兵侧翼掩护的情况下,会遭到敌人的反击而蒙受重大损失。另一方面,希特勒也担心在把步兵师调去配合坦克部队后,被围在白俄罗斯地区的红军会让德国人消化不良。更何况,在7月初斯摩棱斯克方向也没有足够的红军值得他去冒这样的险(红军的战略预备队当时还未完全展开)。因此希特勒极力主张暂缓对斯摩棱斯克发动进攻。第4装甲集团军司令克卢格元帅与希特勒的意见基本一致。现在,无论是古德里安的第2装甲集群,还是霍特的第3装甲集群,都归克卢格元帅领导。

而总是一味强调进攻速度的第2装甲集群司令古德里安却有不同的看

克卢格(左)和古德里安(右)的争吵和不和,最终使第4装甲集团军解散

法。这个装甲部队的将军坚信他当面的红军只剩下一些乌合之众,因此急于向西继续推进,并且天真幼稚地认为这样可以合围更多的红军,甚至可以直捣苏联首都莫斯科。他的观点在很大程度上得到了中央集团军群司令博克元帅的认同,而德国陆军总司令布劳希奇也持有相同观点。这两位地位显赫的德国陆军元帅虽然不敢公开站出来向希特勒彻底阐述自己的意见,可心里却盼着古德里安这匹桀骜不驯的"野马"搞出点名堂来。但古德里安的行动却受到与之意见相左的克卢格的制约。

### 克卢格陆军元帅

1882年10月3日生于波森一个忠于皇室的军人家庭,父亲是一名有贵族头衔的中将[①]。克卢格本人在普鲁士军官学校受训,1912年毕业于军事学院。一战爆发后,克卢格以战斗部队参谋军官的身份被派往西线,参加过凡尔登战役并受了重伤。战后克卢格继续在"十万人"国防军中服务,1936年晋升为炮兵上将。二战爆发后,克卢格以第4集团军司令的身份参加了对波兰的战役,战役结束后,他被授予陆军大将军衔。1940年击败法国后,克卢格又被希特勒提升为陆军元帅。

在政治上,克卢格是个地道的骑墙派:一面接受希特勒个人的丰厚馈赠(在1942年他一次就接受了希特勒25万帝国马克的厚礼——相当于一个大将十年的薪俸),一面又和德国的反希特勒叛乱分子勾勾搭搭。这最终要了他的命。其间详情,笔者将在以后介绍。

[①]《纳粹元帅沉浮记》,第22页。

## 强渡第聂伯河

1941年东线中部地区的作战,就这样在德国将领们之间的钩心斗角中开始了。7月初过后,鉴于白俄罗斯红军已经被基本消灭,希特勒终于同意德国军队渡过西德维纳河、第聂伯河,向斯摩棱斯克挺进。

但那位和古德里安闹得不可开交的克卢格,对强渡第聂伯河进军斯摩棱斯克依然顾虑重重。上一卷已经提到,当古德里安做好渡河准备后,克卢格却于7月9日突然赶到古德里安的司令部,主张等到步兵部队全部到位后再发动进攻。此前,刚刚赶到的苏军坦克预备队对古德里安和霍特发动了强大反击,虽然都被击退,却无疑加重了克卢格的忧虑。

渡河的德军摩托车队

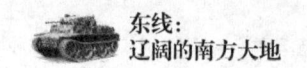

古德里安对此强烈反对,坚持要在苏军预备队巩固第聂伯河防线前采取行动,并称这关系到尽快打败苏联的大局。古德里安甚至表示,如果不及时采取行动,他那些停在进攻出发阵地的坦克,就会被行动越来越频繁的红军轰炸机炸上天。在他的强烈坚持下,克卢格最终同意在7月10日由古德里安的第2装甲集群和霍特的第3装甲集群发动进攻。

按照计划,古德里安的第2装甲集群(此时拥有450辆可用的坦克[1])将从斯摩棱斯克以南的奥尔沙、莫吉廖夫、新贝霍夫一线发动攻势,其当面的红军包括第20、13集团军。古德里安装甲集群的南部侧翼由第2集团军掩护,但该集团军主力部队此时尚未赶到预定战场,导致古德里安侧翼防线极为空虚,可是这位只管"勇往直前"的装甲集群司令对此却并不在乎。

霍特的第3装甲集群将主要从斯摩棱斯克以北的维捷布斯克地区发动攻势,他所要对付的敌人主要是红军第19、22集团军,其中由叶尔沙科夫中将指挥的红军第22集团军是德军打击重点。该集团军位于红军西方面军和西北方面军的接合部,同时也威胁着德国中央集团军群和北方集团军群的接合部,因此成了希特勒决心要拔除的一个钉子。另外这位对南北分兵始终不能忘怀的纳粹元首还打算通过对红军第22集团军的打击,为霍特第3装甲集群北上支援北方集团军群,进攻列宁格勒创造条件——另一方面,德军却又指望霍特能够直接冲向莫斯科[2]。

从7月9日夜间到第二天凌晨,拥有上千辆坦克的德军第4装甲集团军在第2航空队配合下,强渡第聂伯河。在经历了古往今来无数会战的古老河流上空,照明弹划破了夜空,轰鸣的炮火打破了两岸的宁静。这天,为了给装甲集群提供空中掩护,博克亲自请求第2航空队派出强大机群[3]。对傲慢而言辞刻薄的博克元帅来说,这可不是常见的事情。

在古德里安负责的战线中、南段,德军首先对莫吉廖夫和奥尔沙地区发动

---

[1]《巴巴罗萨战役(3)中央集团军群》,第54页。
[2]《德意志帝国与第二次世界大战》卷四,第534页。
[3]《博克日记》,第244页。

进攻,结果在依托坚固阵地的红军抵抗下损失严重。古德里安决心绕过苏军这两个强大的抵抗枢纽,改从罗加乔夫至什克洛夫以北的第聂伯河沿线三个红军设防薄弱的渡口实施突破。在这些地段,德国军队拥有压倒性的兵力优势。如在贝霍夫渡口,德国人投入了整个摩托化第24军所属的两个装甲师和一个摩托化步兵师,而所要对付的红军则只有一个师。

在这三个渡口,乘坐攻击艇的德军摩托化部队首先冒着红军凶猛的炮火强行渡河,经过一番恶战后从对方手中夺取一小块阵地作为桥头堡,后续的德国工兵此刻便迅速地架起浮桥,然后不出几个小时,德国装甲师所属的坦克群就从这些浮桥上开了过去。从当天黄昏到第二天早晨,突破了红军河岸防线的古德里安第2装甲集群和霍特的第3装甲集群上千辆坦克、几万辆机动车和数十万大军开始浩浩荡荡地横渡第聂伯河。河面上布满了一眼望不到头的德国机械化纵队和密密麻麻的人流。

渡河成功后,德军两支强大的装甲集群不去理会留在第聂伯河沿岸抵抗枢纽内的大量红军,而是迅速向苏军纵深发动快速进攻。古德里安麾下的第2装甲集群所属的第24、46、47摩托化军,分别扑向普罗波伊斯克—罗斯拉夫利

渡河的德军强击火炮

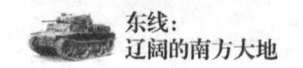

公路,叶利尼亚和明斯克—斯摩棱斯克公路,霍特第3装甲集群下属的第39摩托化军扑向韦利日,第57摩托化军杀向波洛茨克。德国军队的五支快速装甲纵队此刻正在疯狂推进。

在红军方面,从北到南情况已经整个乱成了一团。在西方面军右翼,叶尔沙科夫中将指挥的苏军第22集团军在德军第9集团军和第57摩托化军的强大压力下被迫退向大卢基。这个从乌拉尔调来的集团军,在长达280公里的防线上只有6个薄弱的师,北侧也因为友邻(西北方面军第27集团军)撤退而暴露。而在苏联第22集团军当面,德国军队(此处是德国中央、北方集团军群的接合部)却有16个师,包括1个装甲师和2个摩托化师。而且德军已深入其南侧,对第22集团军形成迂回包围之势。

向南,在维贴布斯克方向,将来会在众多苏联元帅中坐第2、3把交椅的科涅夫中将,此时的境况却最为窘迫。他指挥的第19集团军刚刚下了火车,还没来得及集合展开,就被投入夺回维贴布斯克的战斗,却很快败下阵来。7月12日,德军第39摩托化军向科涅夫发起强大攻势,迫使其在一片混乱中向斯摩棱斯克方向撤退。科涅夫的部队毫无斗志,失败后陷入了巨大的混乱当

渡过第聂伯河的德国装甲部队

中。当时担任该集团军第25步兵军副军长的戈尔巴托夫,一个刚从劳改营释放出来的前沙皇骑兵军士后来回忆道,他所在的第25步兵军从基辅调到了维贴布斯克,并匆匆构筑了阵地,可德国人刚刚打了几发炮弹过来,该军第162师一个大约有1500人的步兵团从军官、政委,到普通士兵,就全部一哄而散,逃之夭夭。戈尔巴托夫好不容易才把部队给重新集结了起来。但到了当天晚些时候,当戈尔巴托夫再次前往该部队阵地时,那里又只剩下团长和几个团部军官了。虽然戈尔巴托夫最终还是把部队收拢了起来,但部下士气的低落仍然令他大为惊讶。

接着,苏联第19集团军的大部分兵力都被配属给了友邻的第20集团军,科涅夫本人很快就变成了一个光杆司令。他的司令部也在德国人的合围中溃散。科涅夫本人甚至在7月13日赶往西方面军司令部的途中遭遇了一队德国坦克。这位红军中将集团军司令慌忙丢下汽车,打算逃入森林,却在路旁意外地发现了一门红军丢弃的反坦克炮。于是科涅夫拿出第一次世界大战期间在沙俄军队炮兵营里当下士时的手艺,躲在路边用反坦克炮干掉了一辆德国坦克。德军坦克纵队遭到这不知来自何方的突然袭击,顿时乱成一团。科涅夫趁机溜进了森林,捡回了一条性命。

而防守在奥尔沙—斯摩棱斯克正面的红军第20集团军(司令员库罗希金中将)虽然手头兵力最多,此刻情况却也非常不利。如前所述,这个集团军曾在7月初以新锐的第5、7机械化军发起反击,结果完全失败,丧失了大量坦克。现在,这个集团军被夹在德军两个最强大的装甲集团之间,为了防止被合围,也只好夺路而逃。德军第47摩托化军乘机迅速通过该集团军的阵地向斯摩棱斯克城扑去,结果撞上了卢金中将的第16集团军。这个原属于红军西南方面军预备队的集团军,此时刚刚从乌克兰赶来,下达给他的任务是死守斯摩棱斯克,可他手头的全部兵力只有根本没有坦克和战斗部队的第23机械化军,以及两个不满员的步兵师,折算起来全集团军总共只有一个师多一点的兵力。但正如西方面军司令员铁木辛哥元帅日后评价的那样:坐在德国人包围圈口袋里的卢金还不想离开斯摩棱斯克——他要留下来和德国人较量

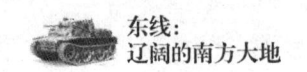

一番。

当然铁木辛哥元帅本人现在是非走不可了。因为在西方面军司令部——也是他本人的司令部所在的莫吉廖夫，红军第13集团军两翼遭到了德国摩托化第46、24军的严重威胁，包括4个步兵师和第20机械化军在内的一些部队已经遭到了合围。

战局如此有利，德国人相信胜利在握。但在俄国人的顽强抵抗下，他们却也感到有些吃力，需要帮手了。甚至于想起他们曾拒绝插手的日本。哈尔德在7月9日写道，"我们现在忙着谋求他们（日本人）反对俄国"，可是"日本的意图依然搞不清楚"[1]。于是德国人开始执行所谓"新政策"，还专门安排日本驻德国大使大岛浩中将到斯摩棱斯克战区观战，以此向日本人炫耀德国的赫赫战功，促成日本早日参加对苏战争的决心。但当大岛浩来到奥尔沙附近的第聂伯河时，苏军的一阵炮火从天而降。大岛浩倒是安然无恙，此后拜访德国第4装甲集团军司令部时还是依旧神气活现[2]。可日本人参战的前景却也依然不明朗。

## 斯摩棱斯克合围圈的形成

莫斯科的斯大林当然不会轻易认输。他和朱可夫催促铁木辛哥立刻发起全线反攻，把战线推回到第聂伯河。朱可夫为此在7月12日签署了专门命令，要求"立刻投入全部力量组织起强大而协调的反击"，并投入"方面军全部空军和远程轰炸航空军"[3]。于是，铁木辛哥亲自跑到各部队，连吓带骂地催促那些神经高度紧张的部队主官们，不惜一切代价夺回他们失去的阵地。

[1]《哈尔德战争日记 1939—1942》，第460页。
[2]《纳粹将领的自述——命运攸关的决定》，第56页。
[3]《巴巴罗萨：希特勒入侵俄国 1941》，第79页。

俄国人没料到的是,这道命令很快落入德军之手。这让希特勒和哈尔德大为高兴,因为这意味着苏军并不打算向苏联内地撤退,德军将有机会在斯摩棱斯克地区将其歼灭。

果然,从7月13日开始,红军第16、19、20集团军向斯摩棱斯克以西和奥尔沙附近的德军古德里安装甲集群发起猛烈反攻。红军军官们尽可能地鼓足劲头,带领遭受了重大伤

战前朱可夫和铁木辛哥一道视察部队

亡、疲惫不堪的部下们,向着正高速冲来的德国装甲楔子迎头撞了过去。

在不顾死活的激烈战斗中,红军第20集团军第57坦克师在师长米舒林上校指挥下一度阻止了第2装甲集群的前进,米舒林本人虽然在战斗中头部负伤,但却不下火线,继续战斗了7昼夜。为了阻止德国快速机动兵团继续长驱直入,红军每个步兵师都编有2~3个障碍设置队。在开足马力的德国坦克部队前进的通道上,他们到处冒死炸毁桥梁,广布地雷。苏联人这次还拿出了他们的秘密武器:7月14日,苏军第20集团军所属火箭炮兵连在弗列罗夫大尉指挥下,在奥尔沙附近第一次投入战斗。这支部队在红军第5机械化军作战区域内,使用此前严加保密的BM-13("喀秋莎")火箭炮,对正在奥尔沙铁路枢纽附近集结的德军步兵第5师实施齐射。遭到突然从天而降的密集火箭弹沉重打击的德国前线指挥官在给上级的报告中描绘道:红军火箭弹袭击过的地方,"钢铁在熔化,土地在燃烧"。

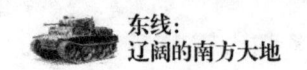

### "喀秋莎"火箭炮

所谓"喀秋莎"火箭炮是苏联军人对于苏德战争中红军装备的火箭炮的称呼，出于保密的考虑，操作该武器的红军士兵并不知道这种武器的真正牌号。而在该火箭炮的发射架上却有"k"字标志（代表以共产国际命名的沃罗涅日工厂），故得此名。该炮有时还被苏联军人称为"卡特琳娜"、"卡佳"。而德国人则称其为"斯大林的手风琴"。

在苏德战争开始时，使用的"喀秋莎"火箭炮正式编号是BM-8型和BM-13型。这个编号直到1942年才被写入作战文件。同样出于保密的考虑，BM-8型和BM-13型火箭炮所在部队往往被伪装成舟桥营，部队成员身着工兵制服。

BM-13型火箭炮一次齐射可发射16枚132毫米弹径的火箭弹（据说实际口径是130毫米，为了防止后勤上发生混淆才改称132毫米），火箭弹离轨速度70米/秒，最大速度355米/秒，最大射程8.5公里，能在7~10秒钟将16枚火箭弹全部发射出去，再装填一次需5~10分钟。一个由18门BMiI3型火箭炮组成的炮兵营一次齐射可发射288枚火箭弹。

作为一种可以对敌方集群实施密集射击（当然是精度不高的射击）的武器，"喀秋莎"火箭炮具有很大的威力，能够利用大量分布的火箭弹进行大面积射击，是打击对方大规模装甲集群的有效武器。它那呼啸尖叫的可怕吼声往往也给对方很大的心理压力，为此1941年8月14日德国统帅部曾经下令要夺取这种武器。但由于在战争初期火箭炮发射架不足，火箭弹数量有限，而有些部队又总是在未经侦察的情况下盲目使用，有时甚至用火箭炮来射击德国单个目标，因此未能充分发挥该武器的威力。同时"喀秋莎"火箭炮发射时烟尘火光较大，其自身又缺乏防护，容易被敌方炮兵观测器材发现并遭到摧毁。

另外，如第一卷所述，德军早在"巴巴罗萨"前就组建了大量摩托化火箭炮部队，主要装备41型150毫米口径六管火箭炮，并先于"喀秋莎"参加了边境交战。与"喀秋莎"相比，这种火箭炮的体积比较小。1941年德国还开始生产威力更大的280~320毫米口径重型火箭发射架。

---

为了配合斯摩棱斯克正面和奥尔沙附近红军的反击，在德军古德里安集团薄弱的南部侧翼当面，红军第21集团军也不失时机地采取了行动。在格拉西缅科中将指挥下，该集团军于7月13日发动了进攻。红军统帅部交给他们的任务是，从莫吉廖夫和斯摩棱斯克方向实施迂回，绕到德国军队的后方，威胁古德里安第2装甲集群的侧翼，配合莫吉廖夫和新贝霍夫地区处境危急的红军第13集团军。

第21集团军所属第66、63、67步兵军分3路展开进攻，在第聂伯河和别列

红军的"喀秋莎"火箭炮

津纳河两岸,该集团军的部队在夜色掩护下冒着对岸德军的炮火强行渡河攻击,冲向德国装甲部队的后方:第66步兵军向西面的别列津纳河发展进攻,所属步兵第232师在几乎没有遭到抵抗的情况下一口气推进了将近80公里,夺回了别列津纳河和普季奇河上的一些渡口;而彼得罗夫斯基,一位参加过十月革命攻打冬宫的老赤卫队员,正指挥第63步兵军强渡第聂伯河,这个军推进了30多公里,从德国人手中收复了罗加乔夫和日洛宾,并向博布鲁伊斯克方向继续推进。第63步兵军的行动被斯大林大为赞赏,在他的命令下,由于在大清洗中遭到过逮捕,结果虽然在红军中服务了24年可军衔却还只是上校的彼得罗夫斯基被直接晋升为中将;在他的侧翼,同样来自第21集团军的步兵第67军的行动也非常积极,该步兵军在新贝霍夫配合红军第13集团军发动了反击,经过恶战,在罗斯拉夫尔方向阻止了德军第2装甲集群摩托化第24军的进攻。

红军第21集团军的行动使德军统帅部深感意外。为了遏制红军的这次反击,保护古德里安的侧翼,德军调来了第2集团军的第43军和第53军,并派出第2航空队主力的第2航空军。7月14日,第2航空军出动885架次飞机,对苏联第21集团军狂轰滥炸;7月16日,再次向第21集团军出击615架次[①],并且

---

① 《巴巴罗萨战役(3)中央集团军群》,第56页。

行军占领下的斯摩棱斯克莫洛托夫旅馆

地跨第聂伯河两岸的斯摩棱斯克

宣称击毁苏军坦克14辆，汽车514辆，高射炮2门，陆军炮9门。为了给红军造成心理压力，德国俯冲轰炸机还投下大量会发出尖锐呼啸声的汽油发烟筒。

7月17日，德军第2集团军所属第43、53军将苏军第21集团军阻止在博布鲁伊斯克以南、日洛宾西南地区。但红军第21集团军的行动却并非毫无意义，在其配合下，此前被合围在克里切夫地域的苏军第13集团军主力在新任司令员列梅佐夫中将指挥下（该集团军前任司令员在7月8日遭到德国飞机袭击受伤，7月14日死于莫斯科，详细情况参见本书第一卷）经过一番苦战突出重围，渡过索日河。但该集团军在莫吉廖夫仍然留下了罗曼诺夫少将指挥的步兵第172师，苏联人还紧急动员了4.5万名市民在莫吉廖夫周围修筑了环形防御工事。到7月26日前，死守该城的红军先后牵制了5个德国陆军师，包括4个步兵师，1个装甲师和精锐的"大日耳曼"摩托化步兵团。

红军在斯摩棱斯克战线南部反攻失败之际，在战线中南部，古德里安的第2装甲集群则在继续前进，与斯摩棱斯克城的距离越来越近。7月13日晚上，第2装甲集群第47摩托化军所辖的第29摩托化师，距离斯摩棱斯克只剩下18公里。7月15日，第29摩托化师在师长博尔顿施泰恩少将指挥下，占领了这座横跨第聂伯河两岸的城市南部的老城区。虽然城内的苏联守军和民警、民兵殊死抵抗,但在得到空军的88毫米高炮平射支援,重炮和强击火炮掩护的德国摩托步兵猛烈的攻势面前,斯摩棱斯克的陷落只是时间问题。但就在这时,一个不知姓名的红军军官却在没有接到上级命令的情况下炸毁了从老城区通往斯摩棱斯克北部工业区的大桥,正是这个可能招来杀身之祸的勇敢行为,使德军占领斯摩棱斯克的企图暂时落了空。

但莫斯科的斯大林却不知道这些情况。在斯摩棱斯克老城区陷落后第2天,他发布了国防委员会关于保卫斯摩棱斯克城的专门命令,在指责西方面军的撤退情绪是犯罪的同时,斯大林下令绝对不允许放弃该城。但不久却传来了斯摩棱斯克全城陷落的消息,同一天德军第2集团军第9军攻占了奥尔沙。对此,远在莫斯科的斯大林大发雷霆。

但需要说明的是,斯摩棱斯克此时根本没有全部陷落,德军第29摩托化师只是在7月16日这天肃清了该城南部而已,而在当时苏德两军的报告中却变成了斯摩棱斯克被德军完全占领。在战后,西方史料也在不断重复这种说法。但真相却并非如此:在斯摩棱斯克西北和西南面尚未被德国人占领的工

德军摩托化车队经过一个燃烧着的村庄

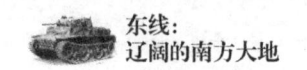

厂区,红军的抵抗仍然在继续。卢金中将的第16集团军为此奉命指挥斯摩棱斯克及其附近地区的全部苏军,其中包括原本正在撤退的第19集团军步兵第129师,这个齐装满员的红军步兵师使卢金中将的兵力增加了一倍。

依托着工业区内坚固的建筑物,红军先是把德国第18装甲师打得只剩下12辆坦克,接着又重创了接替第18装甲师投入战斗的第17装甲师,并在7月18日打伤了该师师长冯·维贝尔。这位在1941年6月26日接替受伤的前任师长艾尔林担任第17装甲师师长的冯·维贝尔在几天后死去,他的职务由冯·托马将军,一个参加过西班牙内战的德国老装甲兵接任。这位将军后来被派到了非洲军,并在那里成为了英国人的俘虏。

> 取胜的德国军队在德军统帅部不追究责任的命令刺激下劣迹斑斑,在斯摩棱斯克郊外地区,200多名正在帮助收割庄稼的苏联男女学生被枪杀,其中一些女学生被强奸。在斯摩棱斯克城内,德国人将大量苏联妇女赶进旅馆,把那里变成了专供德国军官享用的妓院。在城外的一个战俘营内,每天都有不少于200名苏联俘虏被饿死。

就在古德里安推进到斯摩棱斯克的同时,在战线北部,霍特第3装甲集群左翼的第57摩托化军正在第9集团军7个步兵师的配合下,打击苏联第22集团军。7月17日他们攻占涅韦尔。接着,为了与北侧的北方集团军群建立联系,第57摩托化军第19装甲师向大卢基方向前进,并在第二天攻占该城。但三天以后,被霍特评价为他所知道的红军方面唯一人才的叶尔沙科夫中将却指挥苏军第22集团军夺回了大卢基,还救

前进中的德国步兵

出了被包围的苏军第51步兵军。德国中央、北方集团军群接合部的威胁仍然没有被消除。

不过对霍特来说,现在最重要的任务不是对付北面的苏联第

德军第2装甲集群的一群步兵驾着一辆轨道四轮车进入一个被德国空军炸毁的苏联车站　1941年夏

22集团军,而是赶快在南面配合古德里安迅速围歼西方面军。因为力量不足,霍特已经在7月13日放弃继续向莫斯科挺进的计划,改而全力完成在斯摩棱斯克的大包围战。为此,第3装甲集群所属的第39摩托化军在7月15日发动了进攻。此时,科涅夫的苏联第19集团军几乎崩溃,一路向东北,一路向东南撤退。第39摩托化军乘势穿过苏军阵地的缺口快速开进。第二天,该军的第7装甲师占领了斯摩棱斯克以东约50公里处的亚尔采沃,切断了苏联第20集团军和第16集团军一部后方的主要交通线。此后,这股苏军只剩下亚尔采沃以南的森林沼泽可以通过,几乎陷入被半包围的困境。

但德军所需要的是完全的包围,否则抓不到太多苏军。为此,第39摩托化军又迅速南下,配合古德里安一道进攻斯摩棱斯克,并围歼此地的红军重兵集团。

至此,德军装甲部队已经在苏德战场中部地区向东推进近200公里,斯摩棱斯克西北和以东地域的红军第16、19、20集团军陷入孤立境地。被围部队不但处境险恶,而且弹药即将耗尽,其中红军第20集团军在7月17日全部只剩半个基数的炮弹和子弹。燃料也所剩不多。由于陆地交通已被德军切断,被围苏军只能依靠空投。但在德军掌握制空权的情况下,空运又谈何容易,更难以满足这么多部队的需求。

可就在这个时候,古德里安又犯了贪大求洋的老毛病。此时,他对红军的包围圈还相当不严实。尤其是在斯摩棱斯克以东,通往莫斯科公路处还有一个缺口未能完全封闭。可是古德里安非但没有立即派出部队去和霍特会合,切断红军最后一条出路,却命令德军第46摩托化军从被击退的红军第13、21集团军之间继续向前猛冲。

红军统帅部赶忙调来原驻扎于西伯利亚军区的红军

德国士兵爬上一个农舍观察苏军的动向

第24集团军(司令加里宁中将),以第52、54军4个师的兵力进行阻击,但却未能遏止住德军的前进。7月20日,德军第46摩托化军占领了斯摩棱斯克以东70公里的叶利尼亚,形成了一个伸向莫斯科的大突出部。在这里,德军将遭到红军连续不断的反攻。而在这个突出部后方,被包围的红军正排成4列长长的车队,准备从古德里安留出的缺口间突围出去。

后来一些西方历史学家把德军的这一错误归咎于本来应该统一指挥古德里安和霍特的克卢格陆军元帅,但以古德里安那股子飞扬跋扈的劲头,就算克卢格加以干涉,他也未必会理睬。况且希特勒本人对古德里安和霍特这两位桀骜不驯的装甲"野马"也一贯是恩宠有加,为了此次斯摩棱斯克会战那还未完全到手的胜利,他就已经在7月17日下令给两位爱将颁发骑士十字勋章上的橡树叶了。

尽管斯摩棱斯克战场被围红军的命运尚未最终确定,但苏军再次遭到惨重失败却是不可争辩的事实。而这次惨败还给斯大林个人带来沉重的打击。

在1941年7月16日,也就是德军突入斯摩棱斯克的同一天,在维捷布斯克地区,斯大林的长子雅科夫·朱加施维利,红军第7机械化军坦克第14师炮兵团的一名连长,被施密特装甲兵上将指挥的德军摩托化第39军俘获。在这个消息公开以前,红军曾经在7月20日组织过志愿小分队企图救出雅科夫,结果未能成功。

---

**红军第20集团军第7机械化军(斯大林长子所在部队概况)**

军长维诺格罗夫少将

1941年6月22日坦克总数1024辆,其中T-34坦克30辆,KV坦克10辆

下属坦克第14师(坦克第27、28团,摩托化步兵第14团,摩托化炮兵第14团,摩托化第14侦察营,摩托化第14高炮营,350辆BT-5、BT-7坦克)

坦克第18师(坦克第35、36团,摩托化步兵第18团,摩托化炮兵第18团,摩托化第18侦察营,摩托化第18高炮营)

摩托化步兵第1师(坦克第1营,摩托化步兵第6、175团,摩托化轻型炮兵第13团,第93侦察营,摩托化第300高炮营,第123摩托化工程营,第123摩托化反坦克炮营)225辆BT-7M坦克

第9摩托车团

该军在7月初曾对德军发起反击,但很快被击退(参阅《东线:巴巴罗萨与十八天国境交战》)

---

一辆被击毁的苏军BT快速坦克

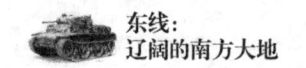

按照曾担任过雅科夫所在第14榴弹炮炮兵团团长的萨佩金的说法,该团7月12日在仅仅配属了少量步兵的情况下被投入了第一线战斗,坦克第14师师长自己却乘坐坦克溜之大吉,甚至在从雅科夫·朱加施维利身边经过时也没有把他带走。雅科夫·朱加施维利本人在7月18日接受德国人审问时宣称,他所在的部队由于遭到合围而陷入一片混乱,他因此不得不穿上平民的服装躲在一家农舍里。由于那家的主人害怕收留红军会遭到德国人的残酷报复(这种担心是可以理解的),雅科夫只得出来投降。

苏联特务头子贝利亚的儿子谢尔戈(贝利亚的一个侄子也被德国人俘虏)对此事的经过还做过一些补充。按照他的说法,被俘虏后的雅科夫当时被一个战友认了出来,这一情况被一个德国卧底得知,导致雅科夫身份暴露。但不管雅科夫到底是如何被德国人认出来的,通过德军的记录(苏联和德国历史学家都曾引用过),有一点可以肯定的是,当德国人问雅科夫是自愿投诚,还是在战斗中被俘时,他的回答非常明确:"我是被迫(投降)的。"在审问的最后,雅科夫表示:"我至今活着,为此我在我父亲面前感到羞耻。"

德国军官察看缴获的苏联KV1坦克

德国人当然不会在战时公开这份审问记录,而是向红军阵地发出了大量宣传品,宣称斯大林的长子是自愿投降的。宣传品上面还附有照片,上面或者是雅科夫和两个德国军官的谈话,或者是雅科夫和一个年轻的苏联军人在一起。德国人称那个人是莫洛托夫的儿子,虽然莫洛托夫根本没有儿子。

---

### 斯大林的家庭背景

德国人在审问雅科夫时,曾经问及斯大林是否有一个所谓的犹太妻子,结果得到了否定的答案。这种毫无根据的说法直到今天仍然在到处流传。

根据现有的可靠资料,约瑟夫·斯大林一共有过两次婚姻,他的第一任妻子叶卡捷琳娜·斯瓦尼泽死于1907年11月,留下一个儿子雅科夫·朱加施维利,第二任妻子娜·谢·阿利卢耶娃于1932年11月8—9日夜开枪自杀,留有一个儿子瓦西里·斯大林和一个女儿斯维特兰娜。

有传闻认为实际上是斯大林本人开枪打死了阿利卢耶娃,但从今年俄罗斯发布的史料来看,这种说法是缺乏依据的。另外,白俄们还对斯大林的个人生活编造了如下说法:似乎斯大林在第二任妻子死后,又娶了他的忠实战友、犹太人卡冈诺维奇的女儿。编造这种说法的目的,无疑是想利用俄国人传统的反犹太情绪,而希特勒也充分利用了这种毫无根据的谣言,甚至到了今天,在某些出版物中依然存在这一奇谈怪论,而这些由苏联流亡分子和所谓的西方"苏联问题专家"根据种种小道消息撰写的东西,还被一些业余历史爱好者当成研究苏联史的"珍贵材料"。

另外还存在斯大林有三个儿子的说法。所谓斯大林的第三个儿子其实是革命家阿尔乔姆的儿子,阿尔乔姆1921年死于火车车祸,斯大林收养了他的儿子谢尔盖耶夫。

---

### 在苏德战争中被送上前线的其他苏联著名高级领导人子女

斯大林的小儿子瓦西里,近年公开的资料证实他曾独立击落过两架德国飞机,集体击落三架;

米高扬的三个儿子(一个战死);

赫鲁晓夫的儿子,曾有资料认为他被德国人俘虏或者由于不体面的原因被斯大林处死,但最新资料证实他在空战中战死,而且找到了他的飞机残骸和尸体;

伏龙芝之子铁木尔,他在前线战死并获得了苏联英雄称号;

贝利亚之子谢尔戈;

戈沃罗夫元帅之子;

梅列兹科夫元帅之子;

亚罗斯拉夫斯基之子。

德国摩托车手观看苏联丢弃的KV重型坦克

多疑的斯大林显然相信了德国人的宣传,就像他相信大部分苏联俘虏不是胆小鬼,就是叛徒一样。特别是前述乌曼战役中大量苏联将军被俘的事实更让他愤恨不已,随后他又看到了第12集团军司令波涅杰林等人叛变的报告(如前所述,实际是诬告)。1941年8月16日,斯大林以红军最高统帅部大本营名义发布了第270号命令,要求严惩"叛徒",对被俘的红军军人家属至少也要剥夺其享受国家补贴和救济的权利。

《红军最高统帅部大本营1941年8月16日第270号命令》摘要[1]

"1. 凡在战斗中撕下军衔标志和投降者即为最可恶的逃兵,其家庭成员因为其违背军人誓言、背叛祖国应予逮捕。此类逃兵应该就地枪决。2. 凡陷入包围者应该战斗到底,冲出重围回到我方。凡是宁愿屈膝投降者,应该以一切手段予以消灭,对于投降的红军战士之家属,应该剥夺其享受国家补贴和救济的权利。3. 凡是英勇果敢的人员,应该积极予以提升。此命令应该在一切连队、航空兵分队、炮兵连队中宣读。"

斯大林也要像惩罚其他背叛者那样惩罚自己的儿子。270号命令发布后四天(8月20日),雅科夫的舅舅被斯大林下令枪决,1942年初,他的两个姨妈

---

[1]《胜利与悲剧》,第212—213页。

也被处死。而斯大林的大儿媳妇至少是被他赶出了莫斯科（另一种说法是她被送进了卢比扬卡监狱）。

但斯大林也非常清楚，单纯依靠惩罚手段无法挡住400多万装备精良、训练有素的德国军队。在斯摩棱斯克失守，德国军队步步进逼下的危机状况下，为了在莫斯科方向建立起纵深防御，斯大林又向这个方向投入大量新的部队。7月14日，苏军总统帅部在西方面军后方的旧鲁萨、奥斯塔什科夫、别雷、伊斯托米诺、叶利尼亚和布良斯克一线组建了后备方面军。而救援斯摩棱斯克被围红军的反击行动也在策划当中。或许斯大林并没有预料到，他的这次反击将对他的头号敌人——远在东普鲁士的希特勒大本营下一步的作战决策发生重大的影响。

**红军后备方面军**

后备方面军由伯格丹诺夫中将担任司令员，而著名的肃反人员，国家安全内卫部队三级政委克鲁格洛夫成为了集团军军事委员，该方面军下辖第29、30、24、28、31、32集团军。在后备方面军7月25日被撤销，其所辖部队转隶其他方面军。

被德军俘虏的斯大林长子雅科夫

# 之二：南北分兵与东进

## 希特勒的第33号指令

  从1941年7月初到下旬，德国军队在东部战线三大战略方向的作战，进展得远不如他们事先预料的那样顺利。在列宁格勒和基辅，德军的攻势被遏制；在斯摩棱斯克，他们虽然占领了该城一部并包围了大量红军，却未能把他们立刻消灭掉。战斗久拖不决，向莫斯科进攻的前景被打上了浓重的黑影。

  尽管如此，前线的德国将军们依然认为，只要再加把劲，冲到莫斯科不在话下。可后勤危机却已经悄然而至。实际上，因为铁路运输经常堵塞，中央集团军群在开战后不久就感到供应困难。开到第9集团军的列车只有预定数量的1/3。而随着德军深入苏联纵深，沿途的铁路也越来越多被撤退的红军所破坏。7月8日后，德军掌握的铁路线只够给第3装甲集群提供补给。同时因为道路太差，德国人对本来就运力有限的重型运输车队也不能指望太大。德军高层对此反应相当迟钝。7月13日，陆军总司令部军需部长瓦格纳还吹嘘说，他可以保证装甲部队一路打到莫斯科。可第二天，他却承认最多只能让坦克开到斯摩棱斯克——而步兵还赶不上去。7月中旬后，中央集团军群的后勤供应越来越糟糕，可弹药和油料的消耗却越来越大，储备不断减少[1]。事

---

[1]《世界军事后勤史资料选编·现代部分》中二，第168页。

德军的一处坟墓

情也越来越明显:在修复铁路网之前,进攻莫斯科实际上是不可能的。可是对这一点,德国陆军总部和中央集团军群的作战指挥官们,并没有太清醒的认识。德军指挥官一个常见的通病就是:我只管指挥打仗,后勤不干我的事——而当后勤危机真正降临的时候,他们就会牢骚满腹,哀叹胜利又被谁谁谁给抢走了。

德军在斯摩棱斯克进攻的迟缓,还使日本人对苏德战争的前景越来越怀疑,也就越来越不愿理睬德国要他们进攻苏联的请求。8月初,日本陆军参谋本部第2部作出判断:德国无法在今年击败苏联,而1942年的形势也未必对德国有利[1]。恰在此时,美国对日本大幅度施加压力,冻结了日本在美国的资产。没有美国提供的石油,日本非但没法进攻苏联,其陆海军也将在不远的将来丧失作战能力。由于这一空前危机,日本的注意力完全被引向南方资源地带。8月6日,日本陆海军达成一致,一方面继续对苏联的战争作准备,一方面尽量避免开战。8月9日,日本陆军决定放弃年内对苏开战。8月19日,日本人通知德国驻日大使奥特将军,日本目前不会对苏联开战[2]。

---

[1]《大本营陆军部》,第654页。
[2]《苏德战争》,第185页。

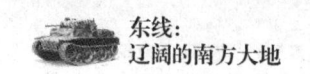

在苏德战场上,作为德军大量消灭红军的代价,德国人自身各部队的损失也颇为严重。到了7月下旬,东线各步兵师兵力仅剩80%,而各装甲师也只有50%有战斗力的坦克。此刻,关于这些作战和部队状况的大量报告,正如同雪片般飞往希特勒设在东普鲁士的元首大本营——"狼穴"。

---

**希特勒的东普鲁士元首大本营"狼穴"**

"狼穴"设在德国东普鲁士的腊斯登堡(现属于波兰)一处阴冷而潮湿的森林中,其建筑分为三层,每层都设有防御阵地、雷区、通电铁丝网,并有党卫队予以保护。进入该大本营必须持有一次有效的特别通行证。

大本营内的建筑都是些钢筋混凝土构筑的掩体,掩体附近的树木上挂着伪装网。虽然在掩体内淡雅的装饰性木板、瓷砖、大衣柜、暖气、各种电器设备应有尽有,但由于附近的森林沼泽密布,整个大本营在夏天都被蚊虫统治着。以至于约德尔抱怨说这里更像一个军事监狱。

希特勒和国防军统帅部长官凯特尔、约德尔以及负责编写作战日记的总参谋部中校舍尔夫居住在第一安全区,国防军统帅部的作战指挥机构设在第二安全区。例行的军事会议一般是在每天下午一点到地图室(如果空袭临近就改到地下室)召开。一般先由希特勒的陆军副官汇报每天的战况。战况一般由国防军统帅部国防处在每天早晚各一次通过各军种、各战区的报告进行汇总,然后由绘图员标在每天的战况态势图上。

参加会议的一般有各军种司令等军事长官,军工外交部门的首脑。德国陆空军司令部都设在离元首大本营不远的地方,陆空军总司令本人则乘坐列车前往大本营,所不同的在于,陆军总司令一般乘坐旧式的灰色小型列车,而气派非凡的空军总司令戈林却要乘坐豪华而舒适的"亚细亚"号个人专列。

---

这时在"狼穴"的希特勒本人也状态不佳。他不仅老毛病胃病加重了,而且还得了森林沼泽地区的常见病——痢疾。可是他的将军元帅们却仍然在他的耳边不停地叽叽喳喳,发表着自己的高见。

双方的争论焦点依然是南北分兵问题。在希特勒看来,在德军中央集团军群攻占斯摩棱斯克,在东线中部地区又挺进了200多公里的情况下,德军在东线南北两翼却不仅进展迟缓,而且处境不利:在南方集团军群作战区域,该集团军群在突破苏联旧国界后,主力部队正在向南挺进,企图在基辅东南方向的第聂伯河以西,围歼红军西南方面军。但在该集团军群的北翼,也就是和德军中央集团军群的接合部，红军第5集团军造成的威胁却远远没有被消除，成为极大的隐患。

在北方集团军群作战区域，针对列宁格勒发动的进攻在红军的抵抗下遭到了失败。与此同时，该集团军群东南面侧翼，也同样是在德军中央集团军群的接合部，苏军的威胁依然存在。

被德国飞机炸毁的一辆BM13型火箭炮，容易遭到空袭是苏联火箭炮的一大弱点

有鉴于此，为了消除南方、北方集团军群与德军中央集团军群的接合部遭到的威胁，希特勒在7月17日再次提出南北分兵的意图：他要求中央集团军群将部署在其南北侧翼的2个装甲集群，分别调往邻近的南方、北方集团军群，帮助其消除侧翼威胁，并增强其突击力量。

对希特勒再次提出的南北分兵计划，德国陆军决策层自然又是大加反对，对这些念念不忘尽早占领莫斯科的德国将领们来说，让中央集团军群交出自己的2支装甲集群，也就意味着该集团军群攻占苏联首都的计划必须延期。而在中央集团军群已经占领了斯摩棱斯克，打开通向莫斯科门户的情况下，这种延期是陆军将军们根本无法接受的。

但希特勒根本不把莫斯科看成主要目标，德国陆军决策层也只好找另外的理由反对南北分兵。在7月12日，德国陆军总参谋长弗·哈尔德大将就向陆军总司令布劳希奇元帅提出，南北分兵倒也并非完全不可行。但现在中央集团军群当面还有庞大的红军集团，牵制了德军的行动。因此必须先让中央集团军群向东方继续发动进攻，并取得重大"突破"后，才可以在不削弱对莫斯科的进攻兵力的前提下，向南方集团军群派出援兵。至于北方集团军群，按照哈

商讨作战计划的一群苏联下级军官

尔德的意见,依靠自身所属的第4装甲集群就足以对付红军在其东南面的威胁,所以也就根本不需要中央集团军群向其派出援兵。

希特勒不是个傻瓜,他非常明白哈尔德的用心:让中央集团军群分兵是可以的,但必须等到该集团军群攻占莫斯科已成定局以后,而且那时也只能向南面分兵,北面还是自己靠自己。对于这样的建议,希特勒当然不会接受。这加剧了他和陆军将领们之间的矛盾,加上他本人那种"每天对东线每个营的情况都要了解三遍"的工作作风,使得德国陆军决策层的首脑们对他简直有些忍无可忍。在7月14日,哈尔德大将就曾经在他的日记中大发牢骚:"元首不了解事情的关联,却总是到处插一杠子,把人折腾得难以忍受。"

希特勒并没有去理会陆军将军们的反对和牢骚,而是继续按照他自己的计划行事。1941年7月19日,他下达了在东线继续作战的国防军统帅部第33号训令(1941年第441230号绝密文件)[①]。基本内容如下:

命令首先对东线形势作出如下判断:"在中央集团军群方向,消灭快速部队之间的敌军强大战斗兵团,仍需要较长时间","南方集团军群北翼部队的作用和机动自由受到基辅要塞和背后的红军第5集团军的限制"。

有鉴于此,德军下一步作战的目的是:"阻止红军部队退入俄国内地,并将其歼灭",其方针如下:

在东部战场南段,德军南方集团军群在其南面,应在罗马尼亚军队掩护

---

①《希特勒战争密令全集》,第110—111页。

下，歼灭还留在第聂伯河西面的红军第12、6集团军（参见对基辅会战的介绍）。而在北面，南方集团军群应该在中央集团军群协同下，夹击消灭红军第5集团军。

对东部战场北段的指示内容，前面已经有所介绍：当第18集团军和第4装甲集群取得联系，德军的东部侧翼得到第16集团军有效掩护的情况下，德军北方集团军群可以恢复攻势，继续进攻列宁格勒。同时，德军必须阻止爱沙尼亚方面的红军撤向列宁格勒，还要尽快夺取波罗的海岛屿以限制苏联舰队的活动。

为了达到上述目的，德军中央集团军群应该为南北两个集团军群提供大量援兵，特别是装甲部队：

对于南方集团军群，中央集团军群不仅要派出"若干步兵师挥师南下，还应向东南方向派出其他兵力，主要是装甲部队（指第2装甲集群），以阻止到达第聂伯河彼岸的敌人逃往俄国的纵深地区，并将其歼灭"。

而对北方集团军群，中央集团军群也应该派出快速部队，北上切断莫斯科—列宁格勒的联系，掩护北方集团军群向列宁格勒的进攻。

中央集团军群自身，在消灭斯摩棱斯克地区被围苏军，并进行物资补给后，只能以步兵部队向莫斯科前进。

按照上述规定，中央集团军群几乎所有的装甲摩托化部队都将被调往南北两翼，而仅仅依靠步兵师是不可能占领莫斯科的。

在规定主要战线任务的同时，希特勒还对次要战线和海空军的作战行动作出了规定：

在芬兰方向，德军与芬军联手消灭拉多加湖以东苏军的基本任务不变，但是在得到有力的航空支援前，可以暂缓进攻。

德国空军第2航空队应该在得到西线部队加强后空袭莫斯科，作为对苏联空袭罗马尼亚和芬兰首都的报复。而东线航空部队的重点任务是支援南方战场。为此，支援中央集团军群的飞机和高炮也将南下。

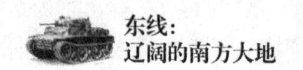

## 德军统帅部内的继续争论

对于希特勒这个实际上暂时放弃进攻莫斯科的第33号指令,德国陆军总司令部的将领们无疑是极力反对。为了说服他们,希特勒在发布该指令的当天,对陆军总司令和总参谋长再次阐述了自己关于战争目标的观点:"基本目标有三个。1.列宁格勒地区。作为工业基地,同时从海上作战的观点看,这个地区是重要的。它还是布尔什维克主义的精神支柱。2.莫斯科地区。3.乌克兰及其工业区和乌克兰以东的产油地区"。而在他希特勒的眼里,这三个目标中,莫斯科的价值远远比不上列宁格勒和乌克兰,因此就必须如第33号指令所规定的那样,"在斯摩棱斯克的战斗后,(中央集团群所属的)第2、3装甲集群应当一路向右,一路向左,分别支援南方集团军群和北方集团军群。中央集团军群则只应该用步兵师进攻莫斯科"。

但在德国武装部队统帅内,围绕着希特勒第33号指令中关于南北分兵问题的辩论仍然在激烈地进行着,而前线的德军将领们也大多站在陆军总司令布劳希奇和总参谋长哈尔德一方,强烈反对把中央集团军群的装甲快速部队调往南北两翼。

为了平息陆军中的反对情绪,也为了到被占领的广阔苏联领土领略一下征服者的感觉,希特勒从7月下旬到8月初,开始来到东部前线视察。

7月21日,希特勒首先来到东线北部,视察了北方集团军群司令部。在那里他向北方集团军群司令勒布陆军元帅指出,苏联将全力保卫列宁格勒。基于心理因素,攻占列宁格勒可能导致俄国的全面崩溃。为此,"必须尽快攻下列宁格勒,缓解芬兰湾的形势。以清除俄国舰队"。希特勒还向勒布介绍了第33号训令关于从中央集团军群调来强大装甲部队切断列宁格勒—莫斯科联系

被苏联坦克歼灭的一个德军PAK36型37毫米反坦克炮小组

的构想。与此同时,他对中央集团军群兵力的削弱并不感到担心,因为"莫斯科只是个地理概念",其战略价值并不重要。勒布当然欢迎增强自己的兵力。希特勒的副官后来回忆,此时的勒布看起来相当乐观[1]。

希特勒的上述表态让勒布高兴,却也引起了德国陆军总部和中央集团军群将领们的反对。他们在7月23日又想出了一个新的办法来反对希特勒的分兵计划。这时红军在斯摩棱斯克地区发动的强大反击似乎给他们提供了新的理由。在当天的战况汇报会上,哈尔德大将利用介绍这次反击的时机,向希特勒强调,苏军在德军中央集团军群当面投入了35个半师,而在北方集团军群和南方集团军群当面则只有23个半师和34个师,这说明苏军庞大的主力部队已经被用来对付德军中央集团军群,此时正通过连续不断的猛烈攻击给中央集团军群施加巨大的压力,而在他们身后,斯摩棱斯克合围圈内被围的红军最早也要到8月5日才能肃清。因此现在把装甲部队调走,无疑会让中央集团军群陷入困境,而且还将失去消灭红军主力的机会。有鉴于此,哈尔德强调,必须在秋季之前对莫斯科发动进攻,而把乌克兰和列宁格勒当作次要目标来看待。

[1]《希特勒副官的回忆》,第305页。

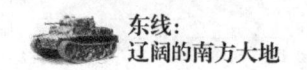

但哈尔德列举的理由和观点都说服不了希特勒,他的眼睛仍然盯着作为布尔什维主义中心、重要工业、海运基地的列宁格勒和工业中心云集的乌克兰。因此希特勒不但不打算收回第33号指令,反而在7月23日当天,通过对他唯命是从的国防军统帅部长官凯特尔元帅,对该指令发布了补充命令,要求德军中央集团军群所属第2、3装甲集群和第2集团军,向南北方向实施更为强大、更为深远的纵深突击。其中,第2装甲集群奉命配合南方集团军群,该装甲集群将和南方集团军群所属的第1装甲集群组成新的第4装甲集团军,向南部红军的纵深推进,"在夺取哈尔科夫工业区后渡过顿河,向高加索方向实施突击";在苏德战场北部的列宁格勒方向,"第3装甲集群暂时转隶北方集团军群,以保障该集团军群右翼安全和合围列宁格勒周围的敌人"。

希特勒的战略当然说服不了那些目光始终离不开莫斯科的陆军将领们,正如同他们无法说服希特勒一样。虽然希特勒为了贯彻其南北分兵思想而连续下达了一道正式训令和一道补充训令,德国陆军总司令部却还在继续没完没了地提出反对意见。他们在7月底草拟了一份建议书,继续那些他们已经说过不止一遍的理由:中央集团军群在派出装甲部队后,仅仅依靠留下的20余个师,根本不可能从宽达250公里的战线发动进攻,自然也就没有办法在9月初之前占领莫斯科,甚至也无法使德国空军在莫斯科附近得到机场,对该市

苏联指挥官在战壕里观察坦克部队出击,西方面军地域

实施更强大的空袭；而红军自然会在这段时间里加强莫斯科的防御，使德军在入冬前无法再向莫斯科推进，自然也就无法占领该城。而在德国陆军总部的元帅、将军们看来，不能占领莫斯科，就"无法实现对俄战争的军事目的，即在两线作战中迅速消灭一个敌人，以便能集中全力对付另一个敌人（即英国）"。

为了更加证明他们观点的正确，他们不但拼命强调莫斯科作为苏联的指挥、交通和工业中心的重要意义，而且还越来越多把攻占莫斯科和歼灭苏军主力联系了起来，似乎除了向莫斯科进军之外，德国人就没有其他消灭红军的机会了。虽然他们的这一理由其实存在很大的问题，但却在很大程度上误导了战后的众多历史学家。

既然莫斯科被德国陆军总部看得如此重要，那他们自然也就把夺取该城作为德军下一步唯一的"正确作战方案"。因此他们建议取消南北分兵计划，而以中央集团军群2个装甲集群，3个集团军的强大兵力从8月12日对莫斯科发起强大攻势，并在9月初占领该城。德国中央集团军群的将领们也极力支持上述主张，表示他们的装甲部队在8月15至16日就能够做好进攻莫斯科的准备——而事实上，以当时中央集团军群糟糕的后勤供应，最多只能派出14～17个师挺进莫斯科[①]。这么点兵力，就算勉强抵达莫斯科，恐怕也会被俄国人包饺子吃掉。

当然，出于各种原因，德国陆军总部的上述建议并没有以书面形式交给希特勒，虽然它的拟订者们正不断地以口头形式向希特勒提出他们的观点。在7月27日，甚至连国防军统帅部系统的约德尔炮兵上将也在希特勒单独面谈时，突然提出了向莫斯科进攻的建议，而且理由和陆军总部如出一辙："（进攻莫斯科）并不在于莫斯科是敌人的首都，而在于那里还有敌人所能集结的唯一军队集团。"

但希特勒也不是好糊弄的小孩子，所谓莫斯科"有敌人所能集结的唯一军队集团"的理由本身也是骗人的假话，而且当天希特勒还告诉约德尔，夺取顿涅茨工业区将大大削弱苏军的军备，并且威胁斯大林的油料补给。第二天，希

---

[①]《世界军事后勤史资料选编·现代部分》中二，第432页。

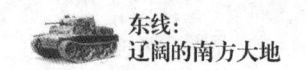

特勒干脆表示:"哈尔科夫工业区比莫斯科重要。"对于希特勒的态度,哈尔德大为恼火,甚至当着陆军总司令的面咒骂希特勒的计划"荒谬绝伦"。

就在德国陆军和国防军统帅部的将军元帅们都无法说服希特勒之时,红军在斯摩棱斯克方向的强大反击给德国中央集团军群造成的巨大压力却最终使纳粹元首不得不收回成命。在这个通往莫斯科的战略方向上,红军的反击强度大大超出了德国人的意料,并迫使德军决策层改变了他们的作战计划,而这种变化的深远却是希特勒和他的陆军将领们都未能预测到的。

## 红军的斯摩棱斯克大反击

红军在斯摩棱斯克地区的反击,建立在两个先决条件的基础上:

首先,正如此前已经介绍过的那样,在1941年7月中下旬,德国军队突入了斯摩棱斯克,并于7月16日占领市中心,包围了红军第16、19、20集团军大部分兵力。但德国人既没有完全占领斯摩棱斯克,此刻城内仍在一个房子一个房子的激烈巷战中;也没有立刻全歼被围苏军,甚至还未能彻底切断其通路。

另一方面,德军古德里安的装甲部队向莫斯科方向推进得太远,结果在叶利尼亚形成了一个孤军深入的突出部。

为了救出被围在斯摩棱斯克的红军,挡住德军向莫斯科前进的道路,斯大林决心集中兵力对盘踞在这个突出部的德国军队发动反攻。

7月20日,斯大林和铁木辛哥通过直通通话设备交谈。就斯摩棱斯克反击的问题,他向这位苏联元帅下达了命令。在当天的另一次通话中(朱可夫当时在斯大林身边),这位苏联领袖还按照他通常的习惯,要求铁木辛哥在最近几天就发动进攻。总之,一切都要快。

于是，红军各部队开始忙碌地调兵遣将。他们必须在很短的时间内，向当面强大的德国装甲部队发动进攻。为了形成尽可能强大的突击力量，红军总统帅部决定解散刚刚成立不久的后备方面军，将该方面军所属的第29、30、24、28集团军的部队，连同从大本营预备队调出的兵团，总计17个师，加强给西方面军。在这些部队的基础上，编成了4个集团军级战役集群，另外还组建了1个骑兵集群。战役集群的每个师此前都经过了充分补充，每个步兵师都配备了一个拥有21辆坦克的独立坦克营，每个战役集群都得到了大量炮兵支援。

此外，铁木辛哥此前还组建了一个最初几乎没有部队的"集团军级战役集群"，该集群的指挥官是在边境交战中表现出色的前第9机械化军军长罗科索夫斯基，战役集群就以他本人的名字命名。作为优秀指挥员第5集团军司令波塔波夫将军的部下，精通战术的罗科索夫斯基将军曾经在其战术防御地幅内建立反坦克支撑点（这在当时苏军战术中算是一个创新），有效打击了德军坦克部队，并为后来苏军反坦克战术的改进提供了宝贵借鉴。

但当罗科索夫斯基被从乌克兰调到中央方向组建战役集群之初，红军统帅部能够提供给他的只有一部电台、一个指挥小组和两辆装着4联装高炮以及战勤小组的汽车。在得到新部队之前，罗科索夫斯基就已

苏军在斯摩棱斯克战斗中缴获的德国坦克　1941年7月

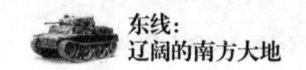

经在亚尔采沃接受过原属于第19集团军的第38步兵师,此前这个师和上级失去了所有的联系,正在附近地区盲目地到处乱撞。其后罗科索夫斯基才接受了一个拥有80辆坦克(包括7辆KV重型坦克)的第101坦克师。在以后的日子里,他还得到了其他几支部队。

在向前线开进的过程中,其他战役集群也奉命接受遇到的所有散兵游勇。于是在内务人民委员会部队的配合下,不断有来自被打散的各部队,属于各军兵种的人员,甚至成建制的部队被吸收了进来,总人数达10万之多,其中甚至包括第19集团军炮兵指挥官一类的高级军官。

| 红军在斯摩棱斯克反击中投入的战役集群(7月22日) |
| --- |
| 第30集团军霍缅科战役集群(第1战役集群):第242、251、250步兵师,2个骑兵师 |
| 第24集团军加里宁战役集群(第2战役集群):第89、91、166步兵师 |
| 罗科索夫斯基战役集群(第3战役集群):第91、89、38步兵师,第101、107坦克师 |
| 第28集团军卡恰洛夫战役集群(第4战役集群):第149、145步兵师,第109坦克师 |
| 第29集团军马斯连尼科夫战役集群:第252、256、243步兵师 |
| 上述部队共有14个步兵师、2个骑兵师、4个坦克师。总计20个师 |

红军的反击不仅调动大量地面部队,而且还动用了强大的航空兵团。根据斯大林本人的指示,红空军向中央方向调派来了大量航空部队。从7月26至28日,他下令抽调了轰炸航空兵第1军的100架飞机,轰炸航空兵第2、3军的120架飞机,其他部队的100架轰炸机和120架战斗机投入斯摩棱斯克的战斗。在7月份,西方面军一共得到了补充飞机900架。但到8月1日,由于巨大的损失和调动,却只剩下182架飞机。红军航空部队将给每个红军战役集群配备一个轰炸航空兵师或者一个强击航空兵师。

在组建反击部队的同时,为了让铁木辛哥能够指挥西方面军集中精力去解救被包围的红军,而不需要同时去担心莫斯科方向的防御任务,斯大林还下

斯摩棱斯克附近被俘虏的德军

令在7月24日组建了中央方面军。部署在西方面军以南。

中央方面军担负的具体任务是：当西方面军向斯摩棱斯克和叶利尼亚反击时，中央方面军于索日河、第聂伯河一线防御。中央方面军配属了原西方面军左翼的第13、21集团军，8月1日又增编了来自战略总预备队的第3集团军。方面军司令员是红军原西北方面军司令员库兹涅佐夫上将（不久就由叶夫列莫夫中将接替），军事委员会委员则是白俄罗斯共产党中央委员会书记波诺马连科。

中央方面军当面的德军，一线主要是第24摩托化军（含第3、4装甲师）和第13、12军。二线还有正在开进中的德国第7军4个步兵师。至7月27日，中央方面军所牵制的德军有12个师，包括古德里安的2个装甲师——这还不包括被拖在莫吉廖夫的第15步兵师。也就是说，拖住了中央集团军群约1/4的兵力。

于是，铁木辛哥可以放手在斯摩棱斯克打一仗了。从7月23至25日，苏军西方面军以5个集团军级战役集群，总数达16个步骑兵师、4个坦克师的兵力，从别雷、亚尔采沃和罗斯拉夫利地域，向斯摩棱斯克地域的德国第2、3装

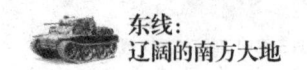

甲集群和第9集团军发动了声势浩大的进攻。红军的基本企图是与包围圈内的苏军第16、20集团军里应外合，从此前由于古德里安的推进而形成的叶利尼亚突出部南北两翼，发动突击，消灭斯摩棱斯克以南、以北的德国军队。

另外，在德军第2集团军当面，由3个骑兵师组成的红军骑兵集群从南面的博布鲁伊斯克发动了凶猛的冲击。他们按照斯大林本人的命令，袭击了德军第2集团军的后方交通线。对于"快速如飞"的红色骑兵始终不能忘怀的斯大林试图通过这次作战，重温1812年神出鬼没的俄国骑兵截断拿破仑大军补给线的旧梦。

此时，斯摩棱斯克方向的德国第2、3装甲集群和第9集团军处境非常艰难。一方面，他们必须拼死抵御那些沿着整条战线，高呼着"为了祖国、为了斯大林"，成片成片、连续不断端着刺刀冲过来的红军步兵和飞舞着雪亮的马刀风驰电掣的红军骑兵。在这可怕的场面面前，一些德军士兵甚至被吓得浑身发抖。

在位于斯摩棱斯克东南的叶利尼亚突出部，德国第46摩托化军处境最为困难。该军所辖的部队包括第10装甲师(7月21日有81辆可用坦克)，党卫队"帝国"师和"大日耳曼"摩托化步兵团。这个军的整个侧翼都暴露在苏军面前，不得不承受红军加里宁战役集群一轮接着一轮的凶猛攻击。

与此同时，德军还要动用大量兵力，去消灭身后正在拼命突围的红军，那里的苏军官

斯摩棱斯克附近被俘的德军　1941年7月

兵为了求生而发动的进攻势头同样极为凶猛。

处于两面夹攻中的德国中央集团军群只好作出取舍,除了对付中央方面军的兵力外,用8个师应对铁木辛哥的反击,另有大量部队(至7月23日为12个师)继续包围斯摩棱斯克地区苏军的两翼。这样,只有3个师去截断合围圈内苏军的最后退路,即霍特的第7装甲师和第20摩托化师,以及古德里安的第17装甲师。古德里安的第18装甲师和第29摩托化师也向封闭口开进。但第18装甲师此前因为脱离了步兵师掩护而遭到苏军重创,到7月下旬只剩12辆可用的坦克(7月9日还有83辆),人员损失自开战以来60天内达到6000余人,超过全师兵员的1/3①。由于损失太大,第18装甲师已发挥不了什么作用,而第29摩托化师则被城区战斗所纠缠。

铁木辛哥的猛攻给德军造成不小伤亡。甚至连最不顾及损失的党卫队"帝国"师也在这次战斗后,由于伤亡太大而调到后方去休整了整整一个月。面对中央方面军的德军第3装甲师到7月30日仅剩下50辆坦克还可以使用。

苏联人的反击给德国军队造成了巨大的压力,但他们投入的反突击兵力却还没有强大到足够压倒德国人的程度,而且那些在极为仓促的时间里匆匆完成作战准备,然后被逐个投入战斗的战役集群,也没有获得集中全部力量向德国人发动致命一击的机会。他们手头那点可怜的通信工具也不允许他们在彼此之间建立起联系,自然更谈不上什么密切的协同动作了。

红军反击失败的命运就这样被决定了。在德军准确而密集的炮火下,红军的轻型坦克像火把一样在熊熊燃烧,重型坦克则从车身到炮管都布满了凹坑和弹孔,战场上尸横遍野。一些进攻部队自己的后方补给线也遭到了德军火力的封锁,陷入自身难保的困境。

同一时期,苏德两军的空战也极为激烈。7月10—31日之间,德军出动了12653架次飞机。与之相对,苏军只起飞了5200架次。制空权依然牢牢掌握在德军手中。

① 《装甲军团》,第144页。

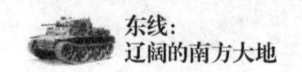

## "斯摩棱斯克陷阱"

尽管如此,在苏军强大反攻下,德军的处境还是极为危险。为了缓解压力,首先,博克要彻底完成对斯摩棱斯克地区苏军的包围——也就是博克所谓的"斯摩棱斯克陷阱"[①]。7月26日,霍特第3装甲集群所辖的第20摩托化师,与古德里安第2装甲集群的第17装甲师在斯摩棱斯克以东会合。防守此处第聂伯河渡口(所谓"索洛维耶沃渡口")的一个苏联步兵营被德军打退到对岸,渡口陷落。就这样,德国人终于在7月27日切断了斯摩棱斯克袋状地区内红军的最后退路。博克这天松了一口气,在日记里写道"我们贫弱的力量将有希望遏制住预期中的反攻压力"[②]——战役开始时实力无比雄厚的博克,此时居然是用"贫弱"来形容他苦战中的集团军群。

除了两翼的掩护部队,德军直接用来封闭包围圈的共有12个师,包括3个装甲师和3个摩托化师。7月27日,包围圈四周的德军态势如下:封闭口以北,第7装甲师和第20摩托化师;以南,党卫军"帝国"师和第17装甲师;包围圈两侧,第129、35、5、8、28、137步兵师,第29摩托化步兵师。另外,第18装甲师急速向包围圈南部突出地带开进[③]。到7月28日,德军彻底封闭了位于斯摩棱斯克东面40公里处的缺口。

当天,德国第2航空队出动了696个架次的飞机,苏军只回击了327个架次。第二天的7月29日,连同预备队和加强部队在内,苏军一共只剩下188架飞机可用于斯摩棱斯克之战,其中西方面军只有70架飞机。由于苏军飞机太少,斯摩棱斯克的天空完全成为德国空军的天下。

---

[①]《博克日记》,第262页。
[②]《博克日记》,第264页。
[③]《巴巴罗萨:希特勒入侵俄国1941》,第81页。

被德军切断在斯摩棱斯克地区的苏军共有12个步兵师的番号，还有第5机械化军。经过此前的激烈战斗，这些师早已残缺不全。在7月最后几天，被围的红军每个师只剩下1000～2000人。装备方面，被围部队还有65辆坦克，177门野战炮，120门反坦克炮①。这些部队大都属于第20、16集团军，现在归第20集团军司令库罗希金统一指挥。

7月28日夜，被围苏军最终放弃了斯摩棱斯克。此后两天，他们又做了两次夺回该城的尝试，全都失败了。此时，德军正对他们展开大规模围歼。7月31日以来，古德里安加紧从南面攻击库罗希金。德国空军第2航空队也加紧从空中屠杀被围苏军，德军的Ju-87俯冲轰炸机不断袭击涌向第聂伯河的苏军纵队。其战果据称为：7月29日至8月4日之间，击毁100辆坦克、1500辆卡车、41门火炮，还摧毁了24个苏联高炮连。

很显然，苏军继续留在包围圈只有死路一条。无可奈何的铁木辛哥只好命令被包围部队向第聂伯河东岸突围。此时，铁木辛哥的个人处境相当不利。如果朱可夫的说法可靠，斯大林打算撤铁木辛哥的职，由朱可夫接管西方面军。但在朱可夫的反对下没成。不管怎么说，虽然铁木辛哥到目前为止一直在吃败仗，但他好歹在斯摩棱斯克撑了这么长时间，没有功劳也有苦劳，据

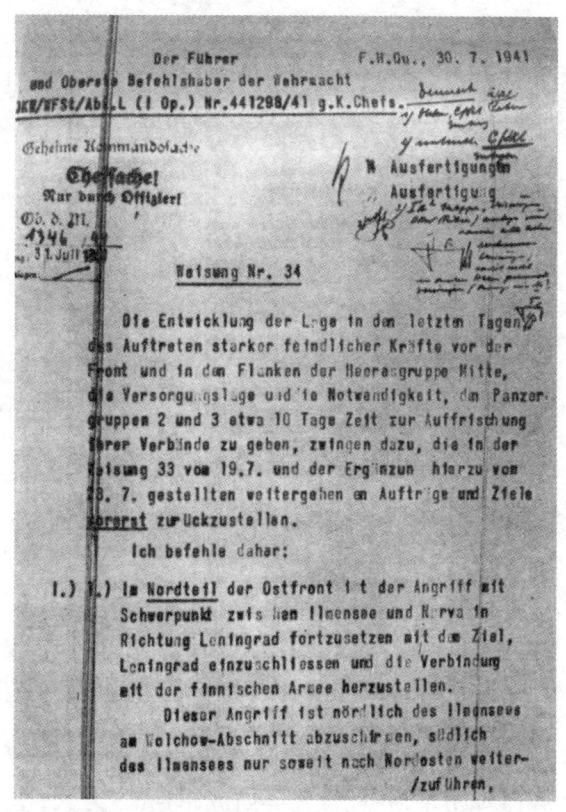

第34号训令

---

① 《集团军战役》，第216页。

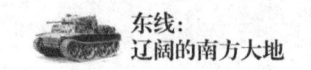

说还颇得部队人心——现在,他也要尽量多救出一些被包围的部队。

为了突破德军的封锁,被围部队在8月2日建立起突击集群,以第5机械化军和第229步兵师残部为突破先头。同时,铁木辛哥又命令罗科索夫斯基战役集群(第101坦克师和第38步兵师)从外部加以接应。

8月3日夜,突围行动在亚尔采沃地区开始。俄国人到处寻找德军包围圈上的薄弱点。其第5机械化军终于在8月4日渡河成功。其他苏联部队也在8月3日构筑了4个渡口,并于5日凌晨顶着德军的猛烈炮火强渡到第聂伯河东岸。此后,德军以第7、20装甲师向前来救援的罗科索夫斯基展开攻击,却被苏军的少数KV重型坦克和猛烈炮火所阻止。经过这次战斗,德国第7装甲师也元气大伤。该师原有的284辆坦克,现在只剩下118辆可用,而166辆受损坦克中有70辆无法修理。

德军并不承认苏军突围成功。他们宣称,在7月底8月初合围圈内最后的战斗中,根本就没有多少红军能够逃脱。在7月27日,德军第2集团军在第2装甲集群部队的配合下,最终拔除了在德军后方坚持战斗的莫吉廖夫苏军第13集团军,并且宣称俘虏苏军约3.5万人,击毁或缴获火炮245门。曾在莫吉廖夫城下一度挡住过德军第2装甲集群的红军步兵第172师师长罗曼诺夫少将也被德军俘虏。他后来逃出了战俘营并成为了游击队的领导人,最终却被德国人捕获并绞死。

德军也付出相当代价。第18装甲师自斯摩棱斯克战役开始就遭受重创,现在损失进一步扩大,彻底损毁了全部坦克的30%。此事惊动了陆军总部[1]。再以第4装甲师为例。自第聂伯河攻势开始以来,该师遭到苏军的不断反击,至7月20日死伤了644人。7月20—22日战斗又死伤了134人。7月21日一天内,该师就有6辆坦克被苏联士兵用燃烧瓶炸毁。至此,第4装甲师已有42辆坦克完全损失,另有89辆被击伤,其中40辆严重受损。能用的坦克只剩下44辆[2]。德国第5步兵师在斯摩棱斯克以北的14天战斗中(7月20日至8

---

[1]《哈尔德战争日记 1939—1942》,第493页。
[2]《第4装甲师在东线 1941—1943》,第4页。

月3日），蒙受了1565人的惨重伤亡。其中战死378人、负伤1114人、失踪73人。

德国空军的实力也急剧下降。7月22日，第53战斗航空联队第3大队报告只剩下6架战斗机可用①。

反击中的苏联重型坦克

消灭莫吉廖夫的红军后，德国人又开始着手解决被包围的其他红军部队，或者更准确地说是一群群失去了指挥的乌合之众。到了8月5日，德军又宣称他们完全肃清了被合围在斯摩棱斯克的红军。按照德国人的统计，自7月10日发动进攻以来，他们在整个斯摩棱斯克地区一共俘虏苏军31万人，缴获或摧毁坦克3205辆、火炮3120门（师级和师级以上），完全歼灭了红军西方面军第19、20、16集团军。

双方的说法看似矛盾，其实倒也不难解释。首先从红军方面来说，那些被解救出来的部队实际上都已经只剩下残山剩水。按照他们的救星罗科索夫斯基的说法，突围部队有一个师只有260人，而且还有比该师人数更少的部队。第16集团军所属的机械化第5军突围时充当开路先锋，杀出来的也只有15辆坦克②。突围总兵力没有详细统计，据说只有1万余人。苏联还是保留了第16、20集团军的番号，但做了人事调整。库罗希金被召回莫斯科（后转任第43集团军司令），他的第20集团军司令职务，留给突围时被德国飞机炸伤的第16

①《巴巴罗萨空战：1941年7—12月》，第48页。
②《罗科索夫斯基元帅战争回忆录》，第22—23页。

127

苏联西方面军的一次步兵反冲击，队形极为密集 1941年7月13日

集团军司令卢金。第16集团军则由罗科索夫斯基接管。

这样的部队，德国人认为已经遭到了全歼，倒也并非完全说不过去。但另一方面，德国人宣布的俘虏数字估计也有一些水分。因为按照俄罗斯1993年宣布的总括性数字，从1941年7月10日至9月10日，斯摩棱斯克方向参战的全部苏军连同河区舰队在内，死亡、失踪和被俘的总人数为48.61万余人。其中西方面军只有30万人。由此估计在斯摩棱斯克被俘的红军人数估计也就在20万左右。

加上伤病者，红军在持续2个月的斯摩棱斯克会战中，遭受的损失高达近76万人。这是极为巨大的伤亡，相当于失去了一个完整的大型方面军。不过因为作战时间拖得太久，苏联人用补充维持住了战线。

红军的技术兵器损失也相当严重，包括：1348辆坦克、9290门火炮和迫击炮、903架飞机。上述数字还包括合围圈外的红军一直到9月初的损失。简单比较一下会发现，德方公布的苏军坦克损失数字至少夸大了70%！和边境交战时相比，苏军技术装备的损失看起来不是太多，也是因为装备总数太少。

## 小议苏德战争统计

或者有些读者会指责笔者过于相信俄方统计。但笔者认为,俄方统计数字并不完全建立在作战部队报告,而且还参考了大量卫生、后勤、民事,甚至德方档案,虽然在一些方面显得有些"粗糙",但却具有很强的总括性,因此更为接近事实。相形之下,建立在作战部队日日报告、十日报告、月度报告基础上的德国军队统计数字,虽然看似精确,却往往存在很大的缺漏。也正因为如此,战后德国民事统计和军事统计关于德军损失的数字才会存在高达50%~70%的差额!

在对敌方俘虏的统计上,德国人的统计不仅存在夸大现象,而且还经常把对方民政人员,尚未到作战部队报到的苏军预备役人员都当成战俘抓去,其中仅后者的数字就不少于50万人。而且我们今天接触到的红军被俘人数,也都是在德军各战斗部队的报告基础上计算出来的,其数字和德国战俘营中的在押人数从来就没有对上过号,比如德国宣布他们在1941年俘虏了380万红军,可在1942年2月1日,在战俘营和工业部门做工的苏联俘虏却只有116.8万人,同期被德国军队充作奴隶的红军俘虏也不过20万人,而在押解过程中的死亡人数更永远是一笔糊涂账。应当说,在红军作战部队的报告中,上述情况夸大虚报顶数的情况同样存在。但接受俘虏的苏联内务系统却有自己的一本明细账,其中不仅统计了每6个月左右德国及其盟友的被俘情况,并对其中军人、平民,以及军人的具体军衔身份作了甄别,且记录了战俘在押解、关押期间的死亡情况。对这套数据,西方一般认为其数字非但不存在夸大,而且出于政治考虑还有所缩小(主要是牵扯到战俘归还问题)。相关具体情况,笔者将在以后的章节中予以具体介绍。

**红军在斯摩棱斯克战役中的损失**[1]**(人)**

| 部队 | 作战日期 | 纯减员 | 卫生减员 | 总计 |
| --- | --- | --- | --- | --- |
| 西方面军 | 7月10日—9月10日 | 309959 | 159625 | 469584 |
| 中央方面军 | 7月26日—8月25日 | 79216 | 28009 | 107225 |
| 预备队方面军 | 7月30日—9月10日 | 45774 | 57373 | 103147 |
| 布良斯克方面军 | 8月16日—9月10日 | 50972 | 28603 | 79573 |
| 河区舰队 | 7月10日—9月10日 | 250 | 193 | 443 |
| 总计 | | 486171 | 273803 | 759974 |

德国人从来没有发表过他们在斯摩棱斯克地区的总体伤亡数字,而苏联则宣称消灭了25万德军。从德国陆军总司令部的统计可知,在1941年7、8月

---

[1]《苏联在二十世纪的伤亡和战斗损失》,第116页。

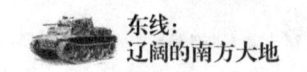

2个月中，东线地区的德国野战陆军一共在战斗中损失了36.8万余人，按照一般情况分析，其中大约40%属于德国中央集团军群的损失，因此德军在斯摩棱斯克战役中比较准确的损失数字大约在15万人，其中大约4万人死亡。苏德两军在排除战俘后的战斗杀伤比率大约为2.5(3):1。

虽然德国人在斯摩棱斯克地区取得重大的胜利，但红军在此期间强大的反攻声势使得无论是德军前线各司令部，还是后方的希特勒大本营，都感到苏联人还没有到山穷水尽的地步，德军此前的作战计划必须修改。希特勒本人承认："我们的战役成果没有彻底击败俄国人，因为他们不承认这一点。现在只有依靠一系列战术性小合围来逐个消灭他们。"德国陆军总参谋长哈尔德在日记中表示对希特勒观点的支持，但同时也不无伤感地写道："生机勃勃的大规模作战就此将要转入停滞。"

1941年7月30日，希特勒被迫下达了国防军统帅部第34号指令（1941年第441298号绝密文件），其中写道："最近几天的形势发展，敌强大兵力在中央集团军群当面和侧翼的出现，补给方面的困难，以及给予第2、3装甲集群约10天的时间休整其部队的必要性，迫使我们暂时放弃7月19日第33号指令和7月23日对该指令的补充命令中指出的下一步任务和目标。"

于是，希特勒第33号指令中要求中央集团军群南北分兵的命令，在红军的反攻中化为一纸空文。为了让希特勒取消这道命令，德国陆军总部和国防军统帅部将领们使尽了浑身解数，却没有取得任何成果，现在却借着苏联人大反攻的机会达到了目的，哈尔德在日记中如释重负地写道："现在终于出现了一线光明。"

但希特勒新的第34号指令在取消第33号指令的同时，却还做出了另一条令陆军总部和国防军统帅部将领们不是那么愉快的命令："在装甲部队重新做好充分的战斗准备前，第3装甲集群应停止拟议中对瓦尔代高地的突击"，"中央集团军群应利用有利地形转入防御"。这样一来，在希特勒的南北分兵被推迟的同时，德国陆军所主张的莫斯科攻势也被停了下来。从这个意义上来说，红军的斯摩棱斯克反击战不仅打乱了希特勒的计划，也让德国陆军总部的方案继续搁浅,德国军队在东部战场下一步打击的矛头仍然在不确定地摆动着。

另外,训令还规定:"空中进攻的主要方向应转到东北战线,为此将第8航空军主力调配给第1航空队,加强部队必须尽快转场,以便在主要突击方向上的北方集团军群发动进攻时(8月6日晨),及时予以配合。"这样一来,中央集团军群就失去了编有几乎全部俯冲轰炸机的第8航空军,这成为中央集团军群被分出去的第一支重要力量。

当然,从德国中央集团军群司令博克和他手下的古德里安等将领们来说,希特勒的新指令毕竟给他们进攻莫斯科提供了机会和可能。因此该集团军群在受命转入防御前后,仍然为进攻莫斯科做出了一系列调整,并且在局部地段实施了进攻:

首先,德国人决定对装甲部队的指挥体系进行改进,为此还在德国人即将在斯摩棱斯克地区最后歼灭红军的7月29日,存在了将近一个月的德国第4装甲集团军终于被中央集团军群撤销建制,其下属的古德里安第2装甲集群和霍特第3装甲集群总算摆脱了他们那位不受欢迎的上司克卢格,而克卢格恐怕也会为能够不再指挥这两匹脱缰的野马而感到庆幸。

苏联中部战场被俘的一群德国士兵,属于第167步兵师 1941年9月

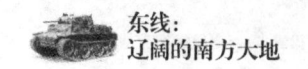

同时，中央集团军群司令博克陆军元帅还采取了一些行动，以歼灭罗斯拉夫尔地区由苏军第28集团军组建的卡恰洛夫战役集群。德国人在此次战役中采取了他们惯用的钳形突击。但是鉴于此前作战中，装甲部队在缺乏步兵掩护的情况下往往遭到红军侧翼威胁的情况，博克下令将德国的北翼铁钳——霍特的第3装甲集群配属给第9集团军，南翼铁钳——第2装甲集群则与第2集团军兵力编为集团军级集群，由第2装甲集群司令古德里安统一指挥。两支得到步兵有效支援的德国装甲铁钳在8月1日发动了进攻。这是一次完全一边倒的战役，德国庞大的装甲集群和野战集团军所要对付的，不过是红军步兵第145、149师和坦克104师的可怜兵力而已。

8月3日，德国第2装甲集群所辖的第24摩托化军（第3、4装甲师）占领了罗斯拉夫尔。德军第7军则切断了卡恰洛夫战役集群在罗斯拉夫尔—克里切夫和罗斯拉夫—斯摩棱斯克之间的退路，从而将卡恰洛夫战役集群合围在了罗斯拉夫尔西北。这是一场相当激烈的战斗，苏联步兵往往躲在精心伪装的战壕里，等待德国人从近前走过才开枪射击。但德军更善于运用火力，装甲部队也更为强大。尤其是他们切断了俄国人的后路，弹尽援绝的对手支撑不了多久。

8月8日，德国宣布他们再次取得了胜利，俘虏苏军3.9万人，缴获或击毁坦克和装甲车250辆、火炮613门。两天后逃出来的红军第28集团军残余部队被撤销了番号。而第28集团军司令卡恰洛夫中将本人在8月4日就被敌方炮弹击中丧生。可悲的是，苏联内务系统却听信错误情报（多半来自德国人的虚假宣传），向斯大林报告说卡恰洛夫中将叛变投敌，导致这位战死者被苏联法庭缺席判处死刑并没收全部财产，他的家属在1954年2月13日苏联国防部发布第0855号命令为他平反之前，始终背负着"叛徒"的黑锅。在那极端而严酷的岁月里，这样不公正的事情何止成千上万。在政治国家民族利益的大棋盘里，个人的命运却总是那样渺小而不可捉摸，但作为世间最可宝贵的生命和人生，难道就永远要在这残酷命运中，在"大局"面前被无情地作弄和践踏吗？

就在卡恰洛夫遭受厄运的同时，敌对阵营里的另一位将军正扬扬自得。

苏联宣传照片上的骑兵部队,斯大林对其情有独钟

虽然只是消灭了一支在满编情况下也只勉强算得上德国一个军兵力的红军"集团军级战役集群",但古德里安还是为自己能够在昨天的老上司,今天的下级,第9军军长盖尔将军面前露上一手而沾沾自喜。

在战后岁月里,古德里安也将和其他元帅将军一道,为他们在战胜者面前受到的"不公正待遇",为德国军队的"荣誉"而大声争辩。他们是如此的不知足,如此的不明白正是由于希特勒所首先发动的这场灭绝天理的战争,正是他们拿来吹嘘的那些伟大胜利,给成千上万人造成了他们这些人不曾去仔细考虑过的巨大的,不可弥补的创伤,使得无数人的无数尸体(包括苏联人和德国人)在公路旁、田野间、沟壑里,以及天知道什么样的鬼地方发霉发臭,而且还将导致德意志民族本身最终不可避免地遭受报复。而这一切为的只是要证明北欧人种的伟大和高人一筹,为了证明德国士兵的"超人"勇敢和德国将军的英明。当他们无法在战场上继续做到这一点时,却又竭力用纸笔来进行最后的挣扎。即使在目的至上的政治实用主义者面前,他们也显得颇有些虚伪。好歹前者还有一个让他什么都可以干的"充分而且正当的理由",而不至于为什么虚无缥缈的"荣誉"、"人种"去践踏生命和人的尊严。虽然这两样东西说

苏联西方面军的一次反击中，俘获的德军官兵　1941年7月23日

起来宝贵，可有时也确实一文不值。

当然在1941年的夏天，手头重兵在握，战无不胜攻无不克的古德里安们一点都不渺小，而是站在坦克上高大得可以。他们的军队还在不断地取得胜利。在卡恰洛夫战役集群被歼灭的同一天，在博布鲁伊斯克，其前被斯大林寄予很大希望的骑兵集群也被德军第2集团军歼灭。"快速如飞"的红色骑兵没有能够完成领袖的殷切希望。红军在莫斯科方向面临的形势仍然非常严峻。

就在苏德双方在中部战场打得惊天地泣鬼神的同时，在这个战场所通向的苏联首都莫斯科上空，一场规模不大的较量也在紧张地进行着。

# 之三：战略空袭的小插曲
## ——莫斯科与柏林的天空

### 空袭莫斯科

希特勒在7月19日的第33号指令中，除了规定陆军的作战行动以外，还下达了对苏联首都莫斯科进行空袭的命令。

在7月21日前，德国空军对莫斯科采取的主要是侦察行动，其中9架次直接飞入莫斯科市区上空，飞行高度7000米以上。这些行动中损失了2架飞机。那么，希特勒为何突然要空袭莫斯科？虽然他所提出的冠冕堂皇的正式理由是报复苏联对他的轴心国小兄弟们的空袭，但通过对敌国首都的空中袭击，炫耀自己的力量，削弱对方的抵抗意志，恐怕才是他真正的目的。

其实早在7月8日举行的战况汇报会议上，希特勒就表示了自己"用空军来摧毁莫斯科和列宁格勒"的决心。一周后，他找来了德国空军司令帝国元帅戈林，责成他落实空袭苏联首都的任务。德国空军自己也跃跃欲试，尤其第8航空军在7月13日就提出轰炸莫斯科可以早日促成苏联的失败。终于，7月19日的第33号指令则正式确定了空袭莫斯科的任务。

但对于正忙于和苏联前线航空部队争夺制空权，支援陆军的德国空军东部战线的各航空军司令们来说，在手头的任务都如此紧张之际，抽调自己的部队去执行空袭莫斯科的任务，实在也是一件麻烦事。而那些急需空中支援的

莫斯科夜间空袭实况　1941年8月

德国陆军司令官们,也非常难得地和他们的空军同僚在这个问题上保持着共识。如果他们对于莫斯科的防空实力有准确了解的话,他们的上述观点无疑会更加强烈。

斯大林的看法正好相反。莫斯科的空防一直是他心头的一件大事。在战前,他已经进行了大量相关的准备工作。著名的莫斯科地铁还在设计阶段时,就曾经在预定的地铁沿线进行空投爆破弹试验,由此确定了地铁的深度。而在战争前夕,斯大林本人在克里姆林内的防空掩蔽所也在紧锣密鼓地修建当中。

当战争爆发的6月22日中午,反应迅速的莫斯科防空值班部队已经完成了战斗准备,当天傍晚,全部137个高射炮连中就有102个进入了发射阵地。而到了6月23日凌晨,整个莫斯科防空体系都已经完成了战备。第二天,莫斯科防空部队已经取得了一批战果,但击落的却是执行完轰炸任务后返航的苏联轰炸机。随着战局的恶化和德国的推进,莫斯科防空也在不断增强,为此国防委员会在7月9日专门作出了《关于莫斯科防空的决定》。

到了德国空军空袭莫斯科前夕,格罗马金少将指挥的莫斯科防空部队主要包括防空歼击航空兵第6军和防空第1军,其中克里莫夫上校指挥的防空航空兵第6军下属第24、78航空兵师,共有29个歼击机航空兵团,6月26日拥有585架战斗机(170架MiG-3,95架Yak-1,75架LaGG-3,200架I-16和45架I-153)。7月17日增加到708架(220架MiG-3,117架Yak-1,82架LaGG-3,233架I-16和56架I-153)。飞行员708人,其中夜航飞行员133人[①]。

为了在尽可能远的地方保卫首都,这些战斗机被部署在莫斯科周围100~120公里的机场网上。

茹拉芙廖夫炮兵少将指挥的防空高炮部队另外拥有1044门高射炮(其中176门小口径高射炮)和336挺大口径高射机枪。莫斯科全城被划分为16个照射纵深30~35公里的探照灯照射区,为了防止德国飞机的俯冲轰炸,苏联人还部署了空中拦阻气球。

要突破如此严密的防空体系,对德国空军来说显然不是一件轻松的事情,但希特勒的决心已定,空袭莫斯科势在必行。参加此次作战的,包括东线德国航空部队所属的第3、54轰炸航空联队的"容克"Ju-88、Do-17和第53、55轰炸航空联队的He-111式双发水平轰炸机,第2轰炸机联队的Do-17。

另外还有从西线调来的第28轰炸航空联队的本部及一个大队(20架He-111),和第26轰炸机联队第3大队(29架He-111)、第100轰炸航空集群的12架He-111。此外,原驻扎在西欧的第4轰炸航空联队(58架He-111)也被调往苏联前线。为了空袭莫斯科,德军从西线向东线增调了119架He-111型轰炸机。

总计,德国人集中起195架中型轰炸机用于对莫斯科的第一次大规模空袭[②]。它们将分别从布列斯特、明斯克、搏布鲁伊斯克、巴拉诺维奇的机场起飞。由于航程太远,德国的空袭没有战斗机掩护。另外据说由于缺乏地图,德国人不得不使用1897年革命前印制的莫斯科地图来计划对该城的空袭。在苏联,任何稍微详细一些的地图都是秘密文件,丢失地图的结果将是被判处长

---

[①]《莫斯科空战》,第12页。
[②]《巴巴罗萨空战:1941年7—12月》,第51页。

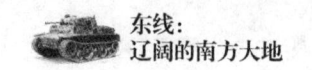

期徒刑。这种做法显然起到了效果,在德国人对莫斯科的空袭中,经常把炸弹投到苏联人安排的假目标上。

1941年7月21日夜间,德国发动了对莫斯科的第一次空袭。当晚10时,由195架轰炸机组成的4个德军空袭梯队从2000米高空接近苏联首都。当这批德国轰炸机部队飞到离莫斯科约30公里处时,在他们前面突然亮起了几百道探照灯灯光,划破了莫斯科的夜空,使这座城市看上去像一座爆发的火山。这些照得德国飞行员头晕目眩的灯光来自300多部大功率探照灯。接着德国人遇上了红军的170架战斗机的拦截,一架He-111和一架Do-17被击落。随后德国轰炸机又遭到了密集的苏军防空火力的射击。怒吼的红军高射炮和高射机枪在一夜之间共向天空倾泻了2.9万发高射炮弹和13万发机枪子弹。德国空军第100轰炸航空集群第1中队的一个资深飞行员后来描绘道:"在我参加的所有东线战斗中,对莫斯科的夜袭是最为困难的,敌军的防空炮火不仅密集,而且准确。"

在苏军高炮和战斗机的截击下,慌乱的德国轰炸机投下104吨普通炸弹和4.6万颗燃烧弹,其中第55轰炸航空联队第2大队投下的数百颗燃烧弹据说直接命中了克里姆林宫,但却未能造成大火。对此,原驻莫斯科德国空军武官的解释是:克里姆林宫的房顶是用17世纪的厚瓦铺盖而成,其穹顶的坚固程度是德国空军的轻型燃烧弹所奈何不得。而按照苏联方面的说法,很多德国爆破弹根本没有爆炸,苏联人甚至因此怀疑德国工人中是不是有很多共产主义的同情者。

德国空军对莫斯科的首次空袭持续了一个晚上,直到7月22日凌晨3时25分才告结束。按照苏方的记载,只有很少的德国飞机进入城市上空,破坏了少数居民住宅楼,造成了轻微人员伤亡。作为此次空袭的后果之一,便是莫斯科开始疏散军人家属。苏方还宣布,在德军的第一次空袭中用战斗机击落12架德国飞机,高射炮另外击落10架。而按照德方的记录,仅有7架德国轰炸机被击落。

第二天夜间,115架(一说125架)德国轰炸机再次空袭莫斯科,这次德国飞机改从7000米高度接近莫斯科，并且采用了以小机群每10～15分钟进行一次袭击的方法，这次空袭同样效果微弱。据德方资料，在这次空袭中，他们损失了5架轰炸机。第三天，只有100架（一说141架）德国轰炸机"光临"莫斯科上空。

此后，德军对莫斯科每天的空袭强度急剧减少，每天出动的飞机数量从50架、30架，一直减少到15架、10架。他们的战术也发生了变化，先是采用大机群密集突袭，然后又开始采用小机群，甚至单机骚扰。这种危害不大，但非常烦人的袭击却给苏联人造成了一些麻烦，甚至苏联总参谋部也不得不在夜间迁入"白俄罗斯"地铁车站工作，因为在1941年9月20日，曾经有一颗德国人投掷的燃烧弹击中过该机构的办公地点。一个德国飞行员为此曾在他的私人信件中吹嘘他们是如何"随心所欲地作弄莫斯科"。

按德国人的统计，在整个1941年，德军对莫斯科一共进行76次夜间空袭，其中59次每次只出动3～10架轰炸机。苏联人的记录有些不同，他们认为从7月22日至8月15日，德国空军对莫斯科组织了18次夜间空袭，其中8次有100～120架飞机参战，其余每次出动50～80架飞机。在德国空军出动的全部

德军对莫斯科首次空袭所炸毁的城市一角

苏联莫斯科广场公开展示的被击落的德军Ju-88　1941年7月30日

1700架次中，只有70架次进入了莫斯科上空。德军为此付出了相当代价。仅第28轰炸航空联队第1大队第2、3中队，在7月22日至12月31日之间，就有21架He-111型轰炸机全毁，4架受损在60%以上而被报废，7架受损在25%～59%之间（有修复可能）[1]。

莫斯科城遭受的损害并不太大。在7月22日至8月22日，共有736名居民被炸死。防空航空兵第6军在7月22日至8月18日发生了几十起事故（飞行中燃料耗尽、着陆失败等等），死亡6人、负伤4人，全损飞机24架，需要大修12架。

总体而言，德国空军对苏联首都莫斯科的空袭基本上没有什么战略价值，而在红军严密的防空体系面前，他们所取得战术胜利也微乎其微。尽管如此，莫斯科的防空在整个战争期间仍然保持了相当的实力，原莫斯科军级防空地域也在1942年4月5日升格为莫斯科防空方面军。到1945年1月1日，该方面军的高射炮数量膨胀到了2000多门，高射机枪有600多挺，还拥有一个空军集团军的战斗机。在并没有多少战略空袭的苏德战争中，苏联首都莫斯科却一直在做着对付战略空袭的准备，为此占用了大批宝贵的战斗机和高射炮。

---

[1]《莫斯科空战》，第151页。

## 红军的报复空袭

在德国空袭了苏联首都莫斯科之后，斯大林也开始策划对德国首都柏林的报复性空袭。这个想法其实在他的脑子里由来已久。按照苏联著名极地飞行员沃多皮亚诺夫的说法，他曾经在苏德战争爆发的第一天拜访过斯大林，并建议从莫斯科起飞空袭柏林，而斯大林却指着地图上标示的波罗的海各岛屿反问道："从这里开始不是更好吗？"[1]

不管这种说法是真是假，到了1941年7月底8月初，在德国军队已经迫近苏联欧洲部分中心地带的情况下，波罗的海上的苏联岛屿成为了空袭德国首都几乎唯一现实的出发基地。1941年8月7日21时，红旗波罗的海舰队航空兵第一水鱼雷航空兵团的13架DB-3T轰炸机在改装了特制的柴油发动机后，由团长普列勃拉上校指挥，从埃泽利州萨烈马岛起飞，对柏林进行空袭。在全部13架飞机当中，有12架各挂载2颗100公斤燃烧弹，6颗100公斤高爆弹，剩下1架只挂载1颗1000公斤的特制炸弹。

从萨烈马岛到柏林的来回航程为1800多公里，为了完成这次航行他们至少要飞行7个小时，而DB-3T上装的燃料只够飞7小时25分钟。在这批飞机起飞后大约3个小时，在团长普列勃拉上校领头下，先后有6架苏联DB-3T轰炸机到达德国首都柏林上空并且投下了炸弹。其余7架迷航的DB-3T则把炸弹投到了沿途的德国城市。德国人对这批不速之客的到来颇为震惊，他们最初认为来袭的大概是英国轰炸机，但随后发现的炸弹碎片上的俄文字母却清楚地说明它们来自何方。虽然德国人宣称他们击落了1架据说根本不会规避高射炮火的"愚蠢的俄国轰炸机"，但事实却是苏联海军航空兵此次出击的13

---

[1]《同莫洛托夫的140次谈话》，第61—62页。

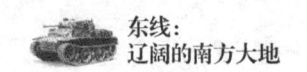

架DB-3T轰炸机全部得以返航,只有1架在着陆时受损。8月8日,刚刚出任苏联最高统帅的斯大林发布国防人民委员会的命令,对红旗波罗的海舰队进行嘉奖。

在苏联海军航空兵空袭柏林成功的刺激下,苏联空军也采取了行动。为了达到目的,苏联空军司令部和空军5局共同进行了研究,并且专门成立了第81远程轰炸航空兵师,该师第431、433团装备Pe-8型四发轰炸机,第420、421轰炸机团则配备Yer-2,拉脱维亚人米哈伊尔·弗杜普亚诺夫少将担任了该师师长。按照他的计划,苏联空军的轰炸机将沿着爱沙尼亚和拉脱维亚的海岸线,穿越波罗的海,然后转向到柏林,航线往返长度达2700多公里。弗杜普亚诺夫少将认为他所选定的这条航程虽然距离比海军航空兵要多出1/3,但却能够躲开德国战斗机的拦截,安全系数较大。但在另一方面,Pe-8飞机上的ACh-30B柴油发动机却令他忧心忡忡。这种性能相当不稳定的发动机在高空总是会无缘无故地停车。但现在战斗在即,弗杜普亚诺夫也管不了那么许多。

1941年8月11日21时15分,14架Pe-8四发轰炸机在弗杜普亚诺夫少将亲自指挥下飞向柏林。随后,两个中队的DB-3T,一个中队的Yer-2也起飞出击。

对第81远程轰炸航空兵师来说,这真是走背运的行动,先是一架Pe-8在起飞时两台发动机突然

苏联西方方面军战区内被打死的德国士兵　1941年8月

停车,结果机毁人亡。接着在穿越战线时,一架Pe-8又被因为保密而不知道此次行动的红军高炮部队击落坠海。在剩下的飞机好不容易摆脱了己方凶猛的防空火力后,又有一架Pe-8因为发动机停车而被迫折返列宁格勒。

最后有11架Pe-8飞到了柏林上空,而最终得以返航的只有4架。其余的不是燃料耗尽,就是由于故障而坠毁(其中包括弗杜普亚诺夫少将本人的座机),还有1架因迷航而误入芬兰领空的Pe-8被芬兰战斗机击落。

第420团第1中队的Yer-2遭遇更是悲惨,由于柴油发动机的故障,只有三架Yer-2得以起飞,其中两架到达柏林上空。三架飞机中的一架在穿越战线时被苏联高射炮击落,一架在同样情况下成为自己人的I-16战斗机的牺牲品,还有一架则在柏林上空损失掉了。

好不容易步行回到苏联战线的弗杜普亚诺夫少将被斯大林派去对那些造成巨大损失的柴油发动机进行改进,而红军对德国首都的空袭却还在继续着。到9月4日,苏联航空部队对柏林进行了10次空袭,投下数百枚炸弹。在9月4—5日对柏林的最后一次的空袭中,红军海军航空兵出动了86架DB-3T轰炸机,其中到达柏林上空有33架。其后,随着红军在波罗的海上的基地纷纷失陷,针对德国首都的战斗行动也不得不告一段落。和德国人空袭莫斯科的行动一样,红军航空部队对柏林的空中袭击也没有什么战略意义,充其量只是陆战和前线空战中的一个小小插曲。对双方的统帅部来说,东线战场大规模陆地作战所造成的局面才是真正需要考虑的战略问题之所在。

## 第四章

# 基辅会战

# 之一：希特勒南北分兵决策的最后形成

## 新的战争形势和希特勒的老计划

到了1941年7月底8月初，经过几次较量，德国人已经感到他们对苏联实力估计严重不足。8月2日，哈尔德在日记里记载目前为止的伤亡和补充数据如下[①]：

南方集团军群损失6.3万人，补充1万人
中央集团军群损失7.45万人，补充2.3万人
北方集团军群损失4.2万人，补充14万人

也就是说，短短一个多月战斗后，德国东线陆军的伤亡（不含芬兰战区等）已近18万人，可得到的补充却不到5万人。

上述只是初步的不完整统计，但也相当可观。考虑到目前德国国内待命的补充兵员只有30万人，德军显然经不起这种程度的长期消耗。

技术装备的损失更突出。不算可以修理的武器，7月份东线德军光是"完全损失"的重装备就有：732辆坦克和强击火炮、145辆装甲汽车、20532辆汽车和卡车、221门105～150毫米口径榴弹炮、19门100毫米口径加农炮、944门反

---

[①]《哈尔德战争日记1939—1942》，第493页。

坦克炮、199门步兵炮[①]。反坦克武器的损耗相当惊人，加上6月份，东线德军已经"完全损失"近1100门37～50毫米口径反坦克炮，这证明苏军坦克的攻击非常凶猛。

事实上，7月也是东线德军在1941年损失坦克最多的月份。加上6月开战后几天，"完全损失"的战车已有850辆，而得到的补充只有91辆。这样到8月1日，东线德军只剩下2889辆坦克和强击火炮（不含预备队），其中很多还需要修理——损失如此惨重，除了俄国人的顽强抵抗，更在于古德里安和赫普纳没有步兵师掩护就驱使手下的装甲师冒进，结果被打得头破血流，证明德国装甲部队没有步兵配合也一样脆弱。这次重创造成的影响极为深远，东线装甲部队此后长期实力不足。直到两年后库尔斯克战役前夕，才恢复到"巴巴罗萨"开始时的规模。

尽管哈尔德竭力反对，但希特勒还是发动了基辅战役

8月11日，时刻关注战场动态的哈尔德不得不在日记里推翻了他自己一个月前关于红军已经覆灭的结论。他写道："现在已经越来越清楚，我们不仅低估了俄国巨人的经济力量和运输力量，而且更重要的是，低估了他们的军事力量。我们最初计算敌人大约有200个师，而现在已经查明番号的就有360个师。一旦有十几个师被消灭，俄国人就会再投入十几个师。我军由于战线太广，显得过于单薄。我们的战线没有纵深。因此在遭到敌人的连续进攻后，往往会让他们取得一些成功。"

8月18日，希特勒也表示了类似的看法。当天，这位痢疾刚好的纳粹元首

---

[①]《德意志帝国与第二次世界大战》卷四，第1120页。

和前来问候的宣传部长戈培尔在元首大本营外的森林里谈了4个小时。希特勒告诉戈培尔，他原来认为苏联人有5000辆坦克和1万架飞机，但现在估计却有2万辆坦克和2万架飞机，如果他早知道这一点，就不会下令进攻苏联。希特勒为此甚至颇为恼火地表示："这是布尔什维克故意设下的骗局。"

尽管希特勒有些沮丧，但在戈培尔面前，他却仍然信心十足。希特勒认为，苏联败局已定，斯大林很快就会向德国求和，而包括莫斯科在内的苏联大城市都将在入冬前被德国军队占领。为了保存兵力，希特勒已经在考虑不允许部队进入列宁格勒和基辅这样的大城市打巷战，而打算用炮击、空袭以及饥饿将其摧毁。

当然，占领和毁灭莫斯科这样的苏联大城市在希特勒看来还不是关键之所在，因为苏联的人力、物资资源竟是如此雄厚，以至于在经受了连续几次严重的打击后居然还没有出现任何枯竭的苗头，夺取它的首都看来也没有什么意义。因此希特勒越来越倾向于依靠夺取苏联的工业区，剥夺其武器生产基地和原料来源来达到战争目的，他曾经告诉过一位外交官："顿涅茨和哈尔科

希特勒访问中央集团军群司令部，与博克元帅握手

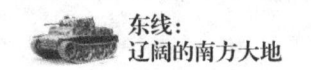

夫是整个苏联的经济基础。夺取那里就意味着夺取俄国61%的铁和35%的钼。然后我们只要切断他们的石油供应,布尔什维克就算完了。"

在得出了上述结论后,希特勒对于陆军总部那套尽早夺取莫斯科的理论,自然也就更加地不屑一顾,而此前被暂时放弃的南北分兵计划在他心中又再度燃烧了起来。1941年8月4日清早,希特勒离开了他的元首大本营,再度前往东部前线推行他的计划。这位纳粹元首此时踌躇满志地认定德国将最终取得胜利,然后就可以像他当天宣布的那样:"我们要在那里(苏联占领区)建立千年秩序。"

就在希特勒说出"千年秩序"的那天,他来到设在包里索夫的中央集团军群司令部视察。在当地机场,希特勒受到了狂热德军官兵的欢迎。但在集团军群司令部里,希特勒和元帅将军们的会谈却很不顺利。中央集团军群在此前按照希特勒的第34号指令转入了防御,现在他们——包括中央集团军群司令博克、古德里安和霍特,都迫切地希望能够恢复对莫斯科方向的进攻。

但希特勒却没有接受他们的意见,而是再次提出南北分兵计划:他告诉博克等人,列宁格勒和波罗的海沿岸地区作为苏联重要的坦克产地、波罗的海舰队基地和俄国人传统的精神支柱,应该被作为德国军队首要的目标,而苏联南部的顿涅茨和哈尔科夫工业区,也要比莫斯科重要得多。因为在南方不仅有乌克兰的丰富资源,而且还有时刻威胁着罗马尼亚油田的克里木,不除

扬扬得意的古德里安,由于他突然"倒戈",希特勒的基辅战役计划得以实现

德军第9装甲师的坦克和步兵　1941年9月

掉这个钉子,德国人就别想睡安稳觉。

德军中央集团军群的司令官们对希特勒的上述态度无疑感到大为惊讶,连忙提出各种理由来予以反对。他们表示,中央集团军群北翼的德军第3装甲集群仍然受到当面红军第22集团军的钳制,无法转向东北方向支援北方集团军群。对这一点,希特勒倒是暂时认可了,但他又提出中央集团军群应该把强大的装甲部队调到东南方向,去消灭那里的红军第13集团军和第5集团军(前者当时隶属于中央方面军)。同时,希特勒还拒绝了古德里安要求补充坦克的请求,而且只同意向整个东部前线提供300台坦克发动机,虽然这仅仅相当于古德里安一个人所需求的数量。希特勒事后告诉凯特尔,古德里安这伙人简直是在拿坦克大修要挟自己放弃所坚持的计划。

8月6日,希特勒又来到南方集团军群司令部视察,该司令部设在别尔季切夫城内的一所红军军校内。在这里,德国南方集团军群的司令官们和中央集团军群的意见差不多,也主张进攻莫斯科。但希特勒却更加坚决地表示,他一定要在拿下了南方的油田和列宁格勒后才能进攻莫斯科。

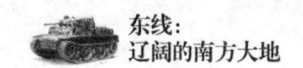

希特勒的上述态度很快就反馈到了德国陆军总部和国防军统帅部,而那里的领导们此前还误认为希特勒已经接受了继续进攻莫斯科的方案。8月7日,也就是希特勒视察南方集团军群司令部的第二天,陆军总参谋长哈尔德大将找到了国防军统帅部的约德尔炮兵上将,要求这位将军向希特勒提出如下问题:"我们的目的到底是要击溃敌人还是夺取经济目标?"约德尔的回答是:"元首大概认为两者可以兼得。"但哈尔德还是和约德尔在如下问题上达成共

德军从空中拍摄到的基辅

德军摩托化反坦克炮小组

识:德国军队应该集中力量在8月底发动对莫斯科的进攻。

哈尔德在8月8日工作日记里写下了目前的东线兵力态势[①]:

北方集团军群有26个师(含6个"装甲类型"师),面对苏军23个师(包括2个"装甲类型"师);

中央集团军群60个师(含17个"装甲类型"师),所面对的苏军据判断大概有70个师(含8个半"装甲类型"师);

南方集团军群50个半师(9个半"装甲类型"师),另有一些仆从军。对抗的苏军约有50个师(6个半"装甲类型"师)。

哈尔德据此再次强调,中央集团军群当面的苏军才是需要立刻消灭的俄国人最后的主力部队。

8月10日,约德尔将他们的意见写成形势报告呈送希特勒,但却没有被完全接受。2天后的8月12日,希特勒下达了对第34号指令的补充命令,要求中央集团军群迅速派出快速部队,解除北方集团军群右翼遭受的威胁,以便从那里抽调出步兵师来加强对列宁格勒方向的进攻。该补充命令还要求"在莫斯

---

[①]《哈尔德战争日记 1939—1942》,第503页。日记中所述的"装甲类型"师,显然是装甲师与摩托化师的总称。

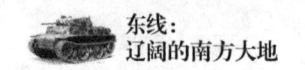

科方向发起进攻前,必须结束对列宁格勒的作战"。补充命令同时要求,中央集团军群在消灭其正面的红军重兵集团后,应该把装甲部队调出来进攻列宁格勒、克里木、哈尔科夫甚至高加索的油田,而此前还需要在基辅以北的沼泽地带"歼灭敌人的第5集团军"。三天后,希特勒又下令从中央集团军群第3装甲集群拨给北方集团军群1个装甲师和2个摩托化师,以应付红军西北方面军2个集团军的兵力向伊尔门湖以南发起的反突击。对此德国陆军将领们大为不满,中央集团军群司令冯·博克元帅甚至认为希特勒的命令是"无法实现的苛刻要求"。

就在希特勒和他的将军们弄得相当不愉快的时候,在东部战场上形势的变化,却让他们无休无止的争吵最终有了结果。

## 南下基辅决策的最后形成

如前所述,按照希特勒8月初的指示,德军中央集团军群从8月9日起,派出古德里安集团军级集群和第2集团军,从罗斯拉夫尔到日洛宾一线南下,发动戈梅利战役,目的在于消除中央集团军群南翼的威胁,打垮红军中央方面军。这场战役到8月24日基本结束,德军歼灭了红军第13集团军(当时隶属新成立的布良斯克方面军)及其所属的步兵第63、66、67军和第5集团军的部分兵力,宣称俘虏了7.8万名红军,击毁和缴获坦克144辆、火炮700门。此前在斯摩棱斯克反击中表现突出,被从上校直接提拔为中将的彼得罗夫斯基及其所属的红军部队,也在这次战役中陷入了包围。8月13日,斯大林派飞机进入包围圈,向这位将军下达了提升他为第21集团军司令的命令,并要求他立刻乘坐飞机突围赴任。但彼得罗夫斯基没有执行这道命令,而是和他的部下一起留在包围圈内。4天后,他在日洛宾东南旧鲁德尼亚村附近战死。

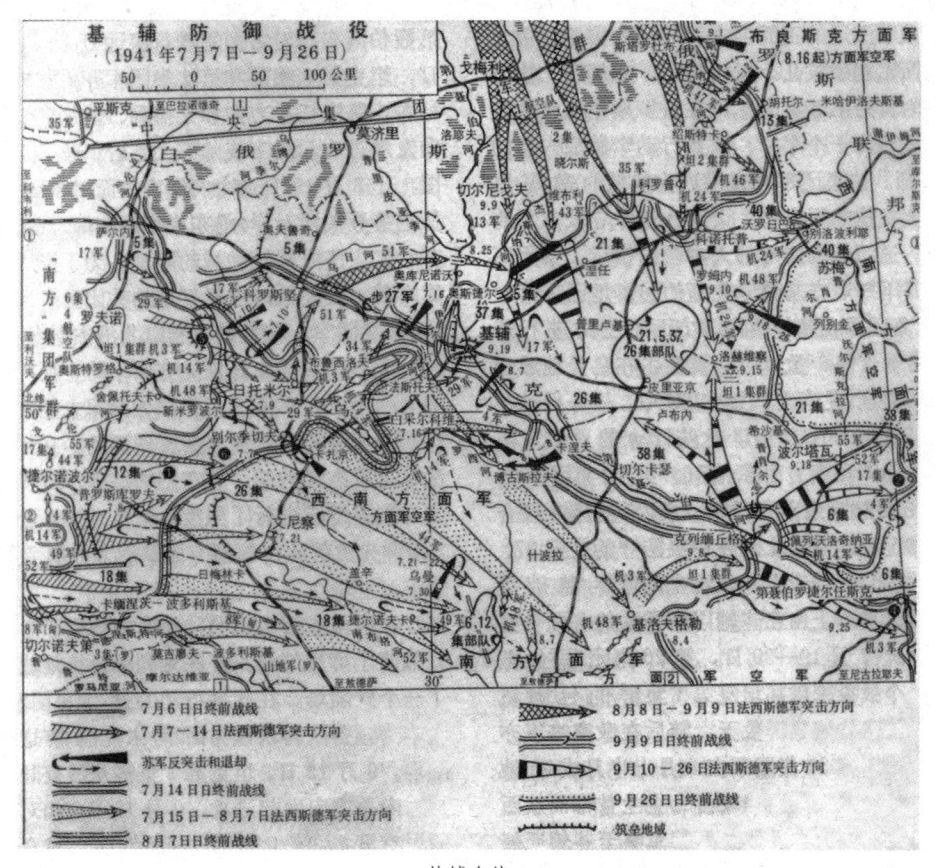

基辅会战

在这场战役中，进展迅速的德中央集团军群右翼已推进到了波切普—戈梅利一线，而这时，德军南方集团军群也占领了从第聂伯河河口到基辅南部的第聂伯河沿岸。这样，在8月20日的战线上便形成了惊人的态势：中央集团军群和南方集团军群各自伸向东部的2个突击集团，在战线上形成了一个向西凹进的三角形口袋，口袋两边相距约550公里，口袋的深度大约也是550公里。而在这个口袋里则装着红军完整的西南方面军。这个态势造成了两种截然不同的局面：一是，德中央集团军群的右翼、南方集团军群的左翼，都暴露在战线南段的苏西南方面军面前；另一种则是，德中央集团军群与南方集团军群对整个苏西南方面军形成了一个不可多得的大合围之势，而这个方面军乃是红军最强大的战略集团之一。

德军坦克逼近一座被炮火烧毁的苏联村庄

这样一来,德国陆军将领们所谓只有向莫斯科进攻才能歼灭红军主力的说法顿时变得毫无说服力。因为在东线南部,红军最强大的一个重兵集团已经被德国人装入了大口袋,这里所能提供的战机要远远超过莫斯科方向。甚至连此前认为只有在莫斯科方向才有红军"唯一重兵集团"的约德尔炮兵上将,也在8月20日承认:"目前出现了打击苏军有生力量的更好前景。苏军最强大的集群就部署在基辅东部。"

但在此前后,德国陆军总部的哈尔德、布劳希奇却仍然在极力活动,反对希特勒分兵南下。8月18日,陆军总司令布劳希奇向希特勒提出了书面报告阐述他们的观点:

在报告中,他继续喋喋不休地强调"敌军有生力量的主力位于中央集团军群当面。由此看来,敌人将中央集团军群在莫斯科方向的进攻视为决定性威胁",由于夺取莫斯科至少需要两个月的时间,所以应该在入冬前的9—10月份,将中央集团军群的兵力集中使用,向莫斯科方向发展攻势。"中央集团军群的下一个作战目标无疑应该是,歼灭当面之敌的强大兵力,并以此割裂俄军企图建立的防线。……为占领莫斯科工业区创造条件"。为了增强说服力,布劳希奇还提出了其他一些理由,比如说第2、3装甲集群的坦克需要大修,不可能用于远距离机动等等,其目的都是以此为借口抵制希特勒的战略。

面对着这反对之声,希特勒大为恼火,遂于8月21日口授了一封致布劳希奇的措辞严厉的信函,8月22日,他为此又制定了一个书面附本,并正式下达给了陆军总司令。在这份对东线战争具有全局意义的材料中,希特勒第一句话就明确指出:"8月18日,陆军关于东线下一步作战的建议不符合我的意图。"

接下来,他表明了自己的意见:"冬季到来前应该达到的最重要的目标,不是占领莫斯科,而是:夺取克里木、顿涅茨工业区和产煤区,使俄国无法得到来自高加索的油料补给,在北方封锁列宁格勒并同芬兰人会合。"

然后希特勒从战略层面解释为什么南部和北部比莫斯科更为重要:首先,德国发动对苏联战争的目的,就是要"彻底清除英国在大陆的盟邦俄国,以打破其能借助这个最后的大国改变其命运的任何希望"。有鉴于此,德国人就必须完成两个主要任务:一是要"歼灭俄国的武装力量",二是要"夺取或摧毁其

德军在察看一辆被烧毁的苏军BA10装甲车

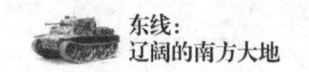

原料产地和生产设施,以防其尔后重新武装"。而后者居于更为重要的地位。希特勒坚持认为,在对方补给兵员源源不断的情况下,这是迫使斯大林屈服的唯一办法。

其次,威胁着德国波罗的海地区安全的列宁格勒,和威胁着德国唯一石油来源——罗马尼亚油田的克里木,作为重大隐患都必须尽快消除。为此,应该"使波罗的海地区尽快摆脱一切来自海上和空中的俄国威胁",并"尽快清除黑海地区,首先是敖德萨地域和克里木的俄国空军基地"。

最后希特勒还提出了一个略显荒唐的理由,就是他想尽快打到苏联南方边境地区,以便支持那里具有亲纳粹情节的伊朗人,使他们"在近期抗击俄英两国威胁时,可望得到德国的实际支援",同时防止苏联或者英国人在那里获得石油。

在谈完战略问题后,希特勒又从苏德战场的战略态势方面论述了他的观点:正如前面已经介绍过的那样,德军中央、南方集团军群已经把苏军西南方面军装进了一个纵深约250公里的三角形突出部内,因此形成了所谓"战略上不可多得的有利态势"。面对消灭红军重兵集团的天赐良机,"中央集团军群不应该担心尔后的作战(莫斯科作战——笔者注)。而应向南部投入足够兵力,(协助南方集团军群)消灭俄军。同时在中央地段保持击退敌人一切冲击的能力"。

最后,希特勒表示,"只有南方集团军群当面的俄国军队被消灭,北方集团军群与芬兰人会合,并对列宁格勒形成严密封锁以后,其才

前进中的德国步兵

东线的德军Ⅲ号坦克

能与中央集团军群向其提供的快速部队一起,协同中央集团军群遂行尔后尚存的唯一任务,向莫斯科前进","对敌军铁木辛哥方面军(指红军西方面军——作者注)实施必胜的进攻和打击"。

希特勒的信和命令让布劳希奇发了一次轻微的心脏病,他的副官甚至听见他在睡梦中还在和希特勒继续辩论;而哈尔德看信后更是大发牢骚:"不能忍受！闻所未闻！"其后甚至还提出要和布劳希奇一道辞职,却未能得到这位陆军总司令的响应,哈尔德本人的辞呈也未获批准;至于中央集团军群司令博克,则为他的部队不能毁灭"面前的大批敌人"而在日记中哀鸣。其后,德国陆军拿出了他们最后的法宝——深受希特勒信任的德军第2装甲集群司令古德里安大将,他的部下此时正在制作通向莫斯科的路牌。德国陆军总部的将领,尤其是哈尔德,指望这个战场上桀骜不驯的"铁甲野马"能够最后阻止希特勒的计划。

8月23日午夜,在和哈尔德进行事先磋商后,古德里安赶到"狼穴"和希特勒进行了会谈。可令德国陆军总部将领们大失所望的是,古德里安非但没有说服希特勒,反而被希特勒说服了。哈尔德对此气急败坏,指责古德里安是为

墨索里尼视察苏德战场的意大利部队

了出风头而赞同希特勒。虽然古德里安在他日后的回忆录中不愿承认这一点,但通过他的私人信件和他参谋长的日记,我们可以知道古德里安当时确实对希特勒的计划"非常满意,满怀希望",他本人甚至写道:"希特勒像往常那样,头脑清晰,分析透彻,毫不含糊地坚持我现在所选择的方向"[①]——而坚持要进攻莫斯科的哈尔德以及博克感到的只能是绝望,并从此把古德里安视为叛徒,不放过任何给他穿小鞋的机会。

经过持续2个多月马拉松式的大辩论,纳粹元首取得了争论的最终胜利,8月30日,他召见了那位已经没有精力争辩的布劳希奇元帅。在经过单独谈话后,两人达成"谅解"。但希特勒和德国陆军将领之间由于南北分兵之争造成的矛盾,却是再也无法完全弥合了。

在决定最终得到确定后,希特勒感到可以轻松一下了。8月26日,他带着意大利法西斯头子墨索里尼到布列斯特要塞,参观那些被德军重炮摧毁的防御工事。在那里,希特勒表示,虽然他搞错了红军的具体实力,但到了1942年春天,最后的胜利就一定会到来。2天后,他又和墨索里尼一道乘坐飞机前往设在乌曼的德国南方集团军群司令部,意大利军队已经在那里作战。途中纳粹法西斯头子们兴致高昂,墨索里尼还亲自操纵了希特勒的座机,把他的德国

---

① 《希特勒与战争》,第382页。

盟友吓一大跳。而当希特勒望着地面那一望无际的油黑油黑的乌克兰大地时，心中的野心和欲望膨胀了起来。几天后他的外交部长写道："元首对形势的发展感到欣慰。我坚信到了冬天就可以达到目标——最后消灭红军的残余力量。"他接下来又写道："也许到那个时候，西方的腔调也会发生变化，实现这些年来孕育在我们头脑里的想法——英德和谐一致的时刻就会到来。"

为了实现上述目标，希特勒已经开始做最后的准备了。8月中旬，在他敦促下，德国人把铁路铺到了斯摩棱斯克。希特勒决心在消灭基辅方向的红军重兵集团后，立刻发动对莫斯科的进攻。到那个时候，这条铁路将为德国军队提供足够的后勤保障。

但那是后话了，现在还是让我们把目光转向漫长东部战线的南北两翼。为了夺取那里的重要据点，德军原本兵力最为强大的中央集团军群终于把装甲部队都给派了出去。很早就被调走的第2航空队所属第8航空军，以及第3装甲集群摩托化第39军被调给北方集团军群，支援其围攻列宁格勒。古德里安的第2装甲集群和第2集团军奉命南下，准备参加基辅合围战；中央集团军群自身只保留了第4、9集团军，只能在东线中部地区老老实实地防御了。但从它的南北两翼，两支威力巨大的装甲铁钳正如两条粗大凶猛的蟒蛇，向着左右两面的猎物猛窜过去。

炮火纷飞的基辅

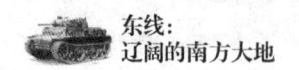

## 莫斯科的困惑

就在德国人为分兵决策争论不休之时,对希特勒的上述新意图茫然无知的斯大林仍然把主要精力用于莫斯科方向的防御上。但在红军统帅部内,清楚地判断出德军动向的人却是有的。

7月29日,红军总参谋长朱可夫打电话给斯大林请求接见。过了一会儿,他便出现在了斯大林的接待室内。当朱可夫向斯大林汇报苏德战场的形势和对德军下一步行动的估计时,红军总政治部主任、副国防人民委员梅赫利斯——一个很不讨人喜欢的人,也来到了办公室。有他在并且给斯大林不断的帮腔,谈话就不可能愉快。

朱可夫对形势的分析是相当不乐观的。虽然他认为德国人在莫斯科战略方向最近不太可能组织进攻,但由于位于中央和南方红军结合地带的中央方面军力量薄弱,德国装甲部队很有可能从那里对红军西南方面军的侧翼和后方实施突击。为此,朱可夫提出了三条建议:第一,迅速从莫斯科方向、西南方面军和统帅部预备队至少调来3个加强了炮兵的集团军增援中央方面军,同时从远东派遣8个精锐师(包括1个坦克师)加强莫斯科方向的

朱可夫大将

苏军用拖拉机拉走一辆被击毁的德国Ⅲ号坦克

防御。第二,西南方面军必须放弃基辅,主力全部撤过第聂伯河。第三,在叶尔尼亚突出部发动一次反击,拔除德国向莫斯科进军的桥头堡。

对斯大林来说,三项建议中最不可接受的就是放弃基辅,他为此大为不满地训斥朱可夫:"怎么能把基辅交给敌人,真是胡说八道。"而那位和斯大林一样个性强硬的朱可夫随即反驳:"如果你认为我这个总参谋长只会胡说八道,那么还要我干什么。我请求解除我的总参谋长的职务,并把我派到前线去。"

几小时后,朱可夫被免了总参谋长的职,并被贬为新组建的预备队方面军司令员,负责他自己提议的叶尔尼亚反击。总参谋长的职务,则由年老的沙波什尼科夫接替。

上述经过基本来自于朱可夫的回忆录,对其中的上述说法,很多西方历史学家表示怀疑,因为在7月29日德国人还没有做出南下的部署。另一方面,如果说从苏联人的角度来看,德国军队也确实应该如希特勒所计划的那样暂时放下莫斯科的话,那么德国陆军总部的方案就确实不怎么高明,而这一点是大多数西方历史学家所不能接受的。

但从8月19日正在指挥预备队方面军的朱可夫发给斯大林的电报分析,他确实很早就对德国人的动向做出了正确的判断。其电报内容如下:"敌人确

苏军察看德军丢弃的一处阵地  1941年9月布良斯克方向

信我军重兵已集中于通往莫斯科的各要道,且意识到其两翼分别有我军中央方面军和大卢基集团,故已临时放弃了向莫斯科突击的计划,并且在西方面军和预备队方面军当面转入积极防御,将其全部快速突击部队和坦克部队用来对付中央方面军、西南方面军和南方面军。敌人可能的企图是:粉碎中央方面军,并且在前出至切尔尼戈夫、科诺托普、普里卢基地域后,从后方实施突击,粉碎西南方面军各集团军。"

为了挫败德国人的企图,朱可夫还提出,需要从外高加索军区、远东军区、统帅部预备队调来不少于10个步兵师,3~4个骑兵师,1000辆坦克,400~500架飞机的部队,并将这些部队集中在布良斯克地区,从侧翼阻止古德里安的南下。

现在看来,朱可夫上述报告内容,完全符合后来发生的实际情况,而斯大林这时似乎也认同了朱可夫的判断。但他仍不打算放弃基辅。和希特勒一样,斯大林也不愿意放弃工业区和宝贵的资源。厄运因此也就不可避免地笼罩在了苏西南方面军的头顶。

# 之二：基辅大合围序曲

## 斯大林的决断

　　正如前面已经介绍过的那样，在朱可夫向红军最高统帅部发出警告电报之前，也就是1941年8月初中旬，德国中央集团军群已经向南发动了戈梅利战役，其目的在于消灭苏联中央方面军。当时斯大林还没有想到这次战役会对红军西南方面军造成威胁。按他的判断，德军的企图应该是从南翼迂回包围中央方向的西方面军和预备队方面军，然后突向莫斯科。应当说，斯大林的上述判断非常准确，完全符合德国陆军总部当时的计划，而德军中央集团军群在戈梅利地区的作战正是在执行这个计划。至于希特勒那个与之相反的分兵南下方案，当时还没有被确定下来。

　　在上述判断基础上，斯大林在8月16日下令组建了布良斯克方面军。该方面军将和中央方面军一道，掩护西方面军的南翼。新任命的方面军司令员叶廖缅科中将在克里姆林宫受到了斯大林的接见。斯大林对其表示，他的忧虑仍然主要是在莫斯科方向，而德国第2装甲集群的调动在他看来就是为了从两翼包抄西方面军薄弱的侧翼。叶廖缅科则大包大揽地向斯大林夸下海口：德国人虽然强大，但绝非不可战胜，"在最近几天内将有绝对把握"阻止古德里安。这位将军信心十足的表态给斯大林留下了深刻的印象。接见结束

一辆被击中燃烧的T-34坦克　1941年9月乌克兰战场

后,斯大林告诉身边的参谋人员:"这正是复杂情况下,我们所需要的人才。"①

但在8月19日接到朱可夫警告电报后,斯大林却迅速改变了原来的想法,接受了朱可夫的建议。在这一点上,不能不说斯大林确实颇有些胆识和韬略——毕竟希特勒也是在两天以后才最后作出分兵南下的决定。从这个角度说,斯大林竟然比德国人自己还要早两天就判断出了他们下一步的行动。而朱可夫则正如前面已经介绍过的那样,更是早了将近一个月就估计到了德国人自己还没有确定下来的计划。

斯大林很快采取了相应对策。当天,他以苏联最高统帅部大本营的名义下达了命令。在命令中,他首先肯定德军将对西南方面军实施侧翼包抄,力图占领基辅。为此,斯大林允许西南方面军第5集团军撤退过第聂伯河,南方面军主力撤至第聂伯河东岸。但与此同时,他仍然不允许西南方面军放弃基辅。对此,斯大林在命令中说得非常明白:"国防委员会和大本营迫切要求他们(西南方面军)采取一切可能和不可能的措施保卫基辅。"为了表明坚守基辅和乌克兰的决心,斯大林还要求把已经撤向东部顿涅茨地区的物资运回乌克兰西部地区,并且命令动员城乡居民到前线去构筑工事,而来自红军战略总预备队和后方军区的援兵也开始大批地向基辅地区集中。

---

① 《华西列夫斯基元帅战争回忆录》,第113页。

## 古德里安南下

就在斯大林发布保卫基辅命令后三天的8月22日,德国人终于按照朱可夫的预测,做出了南下分兵决定并且开始采取行动。这天,希特勒8月21日的南北分兵决策被用无线电发送到了东线德军各集团军司令部。根据该决策,德军中央集团军群进行了新的兵力部署调整。

古德里安集团军级集群恢复了原来的第2装甲集群番号,准备同第2集团军一起南下,配合德军南方集团军群实施基辅合围战役。按照希特勒的意图,德军应该动用最强大的部队来实施这次作战,古德里安也希望将手下的全部装甲部队都投入战斗。可是中央集团军群司令博克却在陆军总参谋长哈尔德的支持下,把古德里安的大批部队调走或扣留下来:

原属于古德里安集团军级集群的7个军中,有2个军留给在莫斯科方向防御的第4集团军,1个军配属给第2集团军。最后只剩下4个军,包括摩托化第24、47军,仍然归古德里安指挥。而他手下的另一支装甲部队——摩托化第46军,则被中央集团军群作为预备队扣了下来。

视察部队的博克元帅(左二),他对抽调兵力南下基辅极为不满 1941年秋

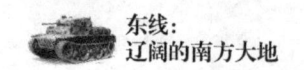

对于这种将自己所属的部队肢解削弱的做法，古德里安当然大为不满。他当然知道，博克和哈尔德等人这么做，是为了报复他古德里安赞同希特勒的分兵决策。但正是所谓"官大一级压死人"，对于两位上司的打压，古德里安也只好默认。况且从当时的战场态势看，德军中央集团军群面对集结在莫斯科方向的大批红军，留下一定数量的装甲摩托化部队，倒也能够说得过去。

1941年8月25日凌晨5时，古德里安第2装甲集群从斯塔罗杜布地域出发，开始南下作战。在装甲集群右翼部署的是装甲兵上将盖尔·冯·施维彭堡的第24摩托化军，左翼是莱梅尔森的第47摩托化军。他们接受的任务是："向南发起进攻，一举渡过杰斯纳河和谢伊姆河，向巴赫马奇—科诺托普—别洛波利耶铁路实施突击。"按照这道命令，德军的装甲部队在第2航空队的支援下，冒着红军的炮火渡河攻击。由于德国空军的狂轰滥炸，沿岸防御的红军未能组织起有效的抵抗。倒是在摩托化第47军装甲第17师坐镇指挥的古德里安本人由于所在位置暴露，差点被对岸苏军的炮火干掉。

与此同时，德军第2集团军也从戈梅利地域开始南进，从西面配合第2装甲集群的行动。这两个德军集团在8月8日的总兵力为25个师。其先头部队在8月24日包括德军第2集团第43、13军和第35军级司令部的8个步兵师，第2装甲集群摩托化第47、24军所属的3个装甲师和3个摩托化师，合计14个师。

硝烟中的德国四号坦克

随着时间的推移,德军的东线越来越艰难

为了策应来自中央集团军群的这两支强大援军,德军南方集团军群在8月23日发出集团军群指挥处第1718／41号绝密文件,命令第6集团军首先从基辅北部渡过第聂伯河,然后强渡杰斯纳河,一方面和南下的第2集团军取得联系,一方面牵制住基辅方向北面的红军第5集团军和中部的第37集团军。

这样一来,在沿第聂伯河东岸的苏德战场南部,德方中央、南方集团军群一共集结了60多个野战师(各师兵力约为编制额的80%,即1.2万人左右),连同加强部队,总兵力超过100万人。

此时,德军的战斗力已有相当程度的削弱。哈尔德记载至8月13日,东线德国陆军作战伤亡达389924人(士兵死79643人,伤277472人,失踪18957人;军官死3874人,伤9616人,失踪362人),相当于兵力的11.4%。而至8月25日提供的补充兵只有8.6万人[①]。

在基辅会战前,东线德国装甲部队的实力尤其虚弱。各装甲师的实力大都已经降到一半以下,平均每个师只有80~100辆左右可用的坦克。以第20装甲师为例,该师到8月25日只剩下88辆坦克能用于战斗,另有62辆正在修理,

---

① 《哈尔德日记》,第517、521页。

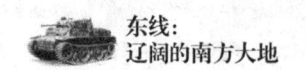

而彻底损失的坦克却有104辆。直接参加基辅战役的第16装甲师在8月22日可用的只有61辆坦克，另外26辆在修，还有70辆彻底损失。

**1941年8月下旬、9月上旬东线德军一线装甲师状况**[①]（辆）

| 部队 | 日期 | 状态 | 一号 | 二号 | 三号* | 四号 | 指挥坦克 | 总计 |
|---|---|---|---|---|---|---|---|---|
| 第1装甲师 | 9月10日 | 可用坦克 | 9 | 28 | 43 | 10 | 9 | 99 |
| | | 修理坦克 | 1 | 7 | 13 | 3 | 0 | 24 |
| | | 损失坦克 | 1 | 8 | 15 | 7 | 2 | 33 |
| 第3装甲师 | 9月4日 | 可用坦克 | 5 | 30 | 6 | 5 | 8 | 54 |
| | | 修理坦克 | 5 | 13 | 69 | 17 | 3 | 107 |
| | | 损失坦克 | 3 | 16 | 35 | 12 | 4 | 70 |
| 第4装甲师 | 9月9日 | 可用坦克 | 8 | 21 | 24 | 11 | 19 | 83 |
| | | 修理坦克 | | 13 | 59 | 5 | 2 | 79 |
| | | 损失坦克 | 2 | 17 | 22 | 4 | 5 | 50 |
| 第6装甲师 | 9月10日 | 可用坦克 | 9 | 38 | 102 | 21 | 11 | 181 |
| | | 修理坦克 | | 4 | 8 | 3 | | 15 |
| | | 损失坦克 | 2 | 5 | 47 | 6 | 2 | 62 |
| 第7装甲师 | 9月6日 | 可用坦克 | 9 | 37 | 62 | 14 | 8 | 130 |
| | | 修理坦克 | 1 | 7 | 67 | 7 | 5 | 87 |
| | | 损失坦克 | 1 | 11 | 59 | 9 | 2 | 82 |
| 第8装甲师 | 9月10日 | 可用坦克 | 8 | 36 | 78 | 17 | 15 | 154 |
| | | 修理坦克 | | 6 | 20 | 7 | | 33 |
| | | 损失坦克 | 3 | 7 | 20 | 6 | | 36 |
| 第9装甲师 | 9月5日 | 可用坦克 | 4 | 14 | 31 | 6 | 7 | 62 |
| | | 修理坦克 | 9 | 16 | 28 | 12 | 2 | 67 |
| | | 损失坦克 | 6 | 2 | 14 | 3 | 3 | 28 |
| 第10装甲师 | 9月4日 | 可用坦克 | 9 | 38 | 75 | 18 | 13 | 153 |
| | | 修理坦克 | 2 | 6 | 11 | 1 | 2 | 22 |
| | | 损失坦克 | | 3 | 19 | 1 | 2 | 25 |

---

[①]《装甲部队 1933—1942》，第206页。

续表

| 部队 | 日期 | 状态 | 一号 | 二号 | 三号* | 四号 | 指挥坦克 | 总计 |
|---|---|---|---|---|---|---|---|---|
| 第11装甲师 | 9月5日 | 可用坦克 | 2 | 18 | 21 | 4 | 15 | 60 |
| | | 修理坦克 | 8 | 16 | 33 | 14 | 4 | 75 |
| | | 损失坦克 | 1 | 10 | 24 | 4 | 1 | 40 |
| 第12装甲师 | 8月26日 | 可用坦克 | 7 | 25 | 42 | 14 | 8 | 96 |
| | | 修理坦克 | 2 | 5 | 20 | 8 | | 35 |
| | | 损失坦克 | 42 | 4 | 47 | 8 | | 101 |
| 第13装甲师 | 8月28日 | 可用坦克 | 3 | 35 | 37 | 9 | 9 | 93 |
| | | 修理坦克 | 1 | 5 | 26 | 2 | | 34 |
| | | 损失坦克 | 4 | 5 | 10 | 10 | 4 | 33 |
| 第14装甲师 | 9月6日 | 可用坦克 | 5 | 35 | 49 | 15 | 8 | 112 |
| | | 修理坦克 | 6 | 6 | 9 | | 3 | 24 |
| | | 损失坦克 | | 4 | 17 | 6 | | 27 |
| 第16装甲师 | 8月22日 | 可用坦克 | 4 | 18 | 26 | 9 | 4 | 61 |
| | | 修理坦克 | 4 | 10 | 9 | 1 | 2 | 26 |
| | | 损失坦克 | 4 | 16 | 36 | 10 | 4 | 70 |
| 第17装甲师 | 9月10日 | 可用坦克 | 4 | 19 | 20 | 4 | 5 | 52 |
| | | 修理坦克 | | 12 | 47 | 15 | 2 | 76 |
| | | 损失坦克 | 2 | 14 | 39 | 11 | 6 | 72 |
| 第18装甲师 | 9月9日 | 可用坦克 | 12 | 27 | 30 | 16 | 8 | 93 |
| | | 修理坦克 | 2 | 12 | 83 | 15 | 2 | 114 |
| | | 损失坦克 | 3 | 11 | 21 | 10 | 2 | 47 |
| 第19装甲师 | 8月25日 | 可用坦克 | 6 | 20 | 57 | 9 | 10 | 102 |
| | | 修理坦克 | | 4 | 32 | 11 | | 47 |
| | | 损失坦克 | 47 | 11 | 21 | 10 | 1 | 90 |
| 第20装甲师 | 8月25日 | 可用坦克 | 4 | 19 | 52 | 11 | 2 | 88 |
| | | 修理坦克 | | 4 | 46 | 12 | | 62 |
| | | 损失坦克 | 51 | 8 | 37 | 8 | | 104 |

*部分师为35t或38t。

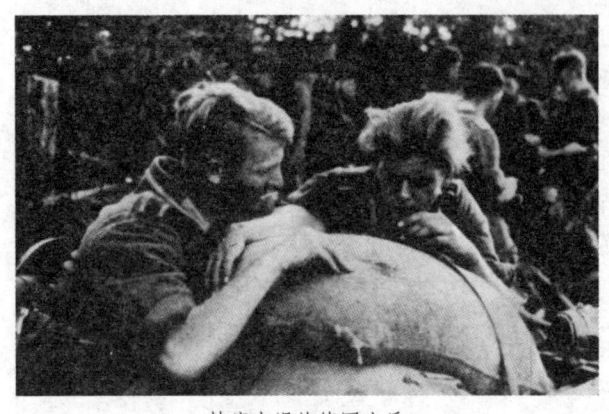

精疲力竭的德国士兵

东线德国空军在边境交战后蒙受的损失更为严重。仅7月6—19日14天内,就损失了477架飞机(其中283架全毁)。7月19日至8月31日之间的损失更为惊人,彻底丧失了725架飞机。德国空军在东线的实力因而急剧衰减。到8月中下旬,只有1916架作战飞机可用。不过德国人同时推测苏军只有1175架飞机[1],飞机的数量优势明显在德国一侧。

但是,虽然希特勒要求把东线空军主力用于基辅方向,却并未如愿:配合基辅方向德国陆军作战的第4航空队在8月18日只拥有第一线作战飞机573架,包括战斗机213架,轰炸机324架,远程侦察机36架。加上近程侦察机、特种飞机和配属给德国陆军的作战飞机,第4航空队的飞机总数约在700架左右。这个数字仅仅统计了当时可以使用的飞机数量。另外,德国第2航空队也有部分兵力参战。

与德军集中的庞大军团相比,此时红军西南方面军的兵力为:29个步兵师,5个摩托化师,3个坦克、骑兵师。这些部队大都缺额严重,有的甚至连机枪等轻武器都极为缺乏。另外,配合西南方面军行动的还有中央方面军和布良斯克方面军的部队。

于是,在基辅城下,在杰斯纳河和第聂伯河之间的三角形大突出部地区内,数量达百万以上的德军庞大部队,将如同一把巨大而有力的钢甲铁钳,从南、北两个方向,掐住第聂伯河西岸的苏军西南方面军并把它夹个粉碎。而在此之前,他们必须首先在北面的杰斯纳河和南面的第聂伯河建立起登陆场,为进攻做好准备。

---

[1]《哈尔德战争日记 1939—1942》,第525—526页。

## 杰斯纳河防御战

在德国军队的汹汹来势面前,斯大林采取了防御措施。他非常清楚:要保住基辅,首先要做的是挡住德军古德里安第2装甲集群南下的道路,从北面保护西南方面军的侧翼安全。为此,红军在沿着杰斯纳河防御德军渡河的同时,还应该对古德里安的东部侧翼实施打击,牵制其行动。对此,斯大林将希望又一次寄托于布良斯克方面军及其司令员叶廖缅科,而这一点和朱可夫的建议完全一致。

---

**叶廖缅科其人其事**

叶廖缅科生于1892年,1913年加入沙皇军队。一战中曾经在罗马尼亚作过战。1918年加入红军和布尔什维克。和很多受斯大林赏识的红军将领一样,叶廖缅科也曾经长期在骑兵部队中服役,担任过骑兵团、骑兵师和骑兵军的主官,并且在骑兵第6军军长任上参加过1939年对波兰东部西白俄罗斯的"解放"。1940年他被派到远东担任红旗独立第1集团军司令,在那里和日本人对峙。苏德战争爆发后,他回到苏联西部,在斯摩棱斯克战役中担任铁木辛哥的副手。虽然这位脾气很坏,甚至还会动手打人[①]的将军才干并不突出,但他那股子天不怕地不怕的蛮劲却很讨斯大林的喜欢。即使在叶廖缅科的豪言壮语无法兑现的情况下,斯大林也不愿过多的责难他,而且总是冷不丁地把他安到某个重要位置上去。

---

但"复杂情况下的人才"叶廖缅科将军虽然曾经信誓旦旦地保证"一定要打垮古德里安",可是他的布良斯克方面军在此前战斗中的表现却不尽如人意。这个刚刚组建不久的方面军,最初仅仅编有第13、50集团军。展开在河流沼泽纵横的230公里宽正面上[②]。

---

① 《赫鲁晓夫回忆录》,第248页。
② 《叶廖缅科元帅战争回忆录》,第159页。

在东线作战的匈牙利骑兵　1941年7月

两个集团军实力都不强。第13集团军虽然在纸面上还拥有7个步兵师,1个坦克师,2个骑兵师和空降兵第4军的2个旅,却在此前的戈梅利战役中陷入了德国人的合围,早就已经全军覆没过一次。第50集团军是在第2步兵军基础上匆匆组建起来的,司令员是彼得罗夫少将。拥有第217、258、260、269、278、279、280、290步兵师,骑兵第55师。叶廖缅科本人掌握的预备队只有3个步兵师和1个骑兵师。这些部队在和古德里安的战斗中损失也不轻微。

但斯大林马上毫不吝啬地给叶廖缅科派来了强有力的增援部队。8月24日,斯大林和红军参谋部进行了商讨,决定干脆解散中央方面军,将其所属的部队全部交给叶廖缅科。当天,斯大林再次和叶廖缅科通话,告知他自己的上述打算,而且许诺,如果叶廖缅科"能够粉碎古德里安这个流氓",还要给布良斯克方面军增派2个KV重型坦克旅和2~3个坦克营,以及火箭炮和航空兵。斯大林的慷慨再次换来了叶廖缅科的豪言壮语,他向领袖保证:"古德里安这个流氓,我绝对保证努力把他粉碎。"①

斯大林的许诺很快就兑现了。第二天,即8月25日,中央方面军被撤销建

---

①《华西列夫斯基元帅战争回忆录》,第117页。

制①,方面军司令员叶夫列莫夫中将成了叶廖缅科的副手,其所辖的第21、3集团军配属给了叶廖缅科的布良斯克方面军。其中第3集团军位于古德里安的东部侧翼,负责实施反击。而第21集团军则部署在古德里安南面的杰斯纳河,和西南方面军一道阻止德军渡河。

与此同时,红军西南方面军也采取措施加强杰斯纳河沿线的防御,配合叶廖缅科的反击。8月27日,在西南方面军右翼新编了第40集团军,这个集团军由前基辅军区步兵监察员波德拉斯少将指挥,拥有空降兵第2军,步兵第135、293师和坦克第10师。交给第40集团军的任务,是沿着杰斯纳河展开防御,依托当地的江河障碍,挡住德军南下的道路。这个仓促建立的集团军兵力并不算雄厚,其直属加强战斗部队只有反坦克炮兵第5旅及其几十门火炮。集团军所属的步兵第293师是由刚刚赶到前线的补充兵员仓促组建的。而所谓的坦克第10师,其主力部队早在7月份就已经被抽调一空,用来组建新编军队,此时该师只有几十辆装甲战斗车辆可以使用。空降兵第2军所属的各个空降旅此前在基辅附近的战斗,也遭受了很大损失。

按照斯大林的惯例,在为保卫基辅加强地面部队的同时,还调来了较强的航空支援部队。红军最高统帅部为此在8月27日向苏联空军司令下达命令,要求必须在8月29日至9月4日,以布良斯克、原中央、预备队方面军的航空部队,以及第1航空预备集群和远程轰炸航空兵的兵力,对德军第2装甲集群进行攻击。此次攻击,动用的飞机总数达到464架(轰炸机230架、战斗机179架、强击机55架)②。斯大林本人要求航空部队,"为了不给敌人以喘息的机会,必须接连不断、夜以继日地痛击敌人的纵队"。

领袖寄予如此厚望,并且派来了如此众多的部队,发出了豪言壮语的叶廖缅科自然要竭尽全力完成任务。在他的指挥下,布良斯克方面军自8月26日起,动用第3集团军10个步兵师和部分坦克部队,对德第2装甲集群(第24、47摩托化军)的东部兵团——莱梅尔森将军指挥的摩托化第47军侧翼进行了猛

---

① 《苏联军事百科全书·军事历史》上,第681页。
② 《伟大卫国战争中的苏军空军首长及司令部》,第101页。

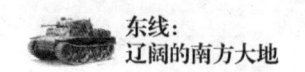

烈冲击。同时，库兹涅佐夫中将指挥的第21集团军则协同西南方面军的第5、40集团军，挡住德军第2装甲集群所属的摩托化第24军和第2集团军所属的第43、13军和第35军级司令部，阻止他们渡过杰斯纳河。

在斯大林的热切期待下，苏军航空部队在这个方向的行动更是积极异常。从8月29日至9月4日，红军航空集群持续6天动用包括TB-3四发轰炸机在内的大批飞机，出动4000多个架次猛烈攻击德军部队。但在德国战斗机的拦截下，性能上处于劣势的红军航空部队损失惨重。在掩护古德里安的空战中，仅仅8月27日一天，德国空军第51战斗航空联队就宣布击落了35架苏联飞机[1]。但苏联空军的行动也取得了一定的成果，他们的轰炸在8月底甚至一度切断了德军第2装甲集群的后勤补给，而德国空军第1高射炮军也必须留下一个团来掩护该装甲集群的渡口。

虽然叶廖缅科竭尽全力，但却没有取得多大成果。他的布良斯克方面军不仅和航空部队没有能够进行战术上的有效协同，而且也没有能够和友邻的西南方面军很好配合。其所属的第21集团军司令员库兹涅佐夫中将，既没有和两翼的西南方面军第5、40集团军建立密切的通信联络，也几乎不向两集团军通报自己的作战计划，彼此之间自然就根本不存在什么战术协同了。

在这种情况下，叶廖缅科的方面军仅仅牵制住了古德里安第2装甲集群摩托化第47军的部分兵力，这个军按照希特勒本人的命令被撤回杰斯纳河西岸布防。而古德里安的另一支快速装甲兵团——施维彭

装甲侦察车、马车、大小汽车混杂的德军车队　1941年秋

---

[1]《黑十字与红星：东线空战》第一册，第149页。

堡的第24摩托化军,则利用红军第21集团军和第40集团军彼此缺乏联系和协同的缺点,在所属各师中组建起由坦克、摩托化步兵、工兵(工兵一般负责在战斗中排除桥梁上的爆炸装置)组成的快速战斗集群,向红军2个集团军薄弱的接合部发起猛烈的突击,并快速穿插到红军阵地纵深夺占登陆场,为德军继续南下创造条件。在这次行动中,第24摩托化军左翼的第3装甲师行动尤其迅速。

8月26日拂晓,第3装甲师在他的师长,未来的德国陆军元帅——莫德尔中将指挥下,派出2个快速战斗群向杰斯纳河迅速冲了过去。其中由福佩尔中校指挥的北部战斗群先遣支队(包括第6坦克团第1营、第394摩托化步兵团第1营、第543摩托化步兵营第3连、第394工兵排)乘坐着坦克、半履带装甲车,一路冒着红军猛烈的炮火,穿越苏军前沿阵地的防步兵障碍物,一口气冲到杰斯纳河支流,以迅猛的突然袭击驱散了防御的红军,于当日11点整夺占了一座700米长的大桥,此后德国第6坦克团通过了此桥。在亲自赶到大桥的师长莫德尔中将指挥下,德军开始在对岸建立并扩大登陆场。第二天,第3装甲师横穿布良斯克——基辅的铁路线,并且夺取了第二个登陆场。在该师西南面,德军第10摩托化步兵师的普拉格曼少校战斗群则占领了第3个登陆场,其先头部队已经开始乘橡皮艇渡河。为了配合摩托化第24军扩大登陆场的战斗行动,冯·阿克斯特尔姆高射炮兵上将指挥的德国空军第1高射炮兵军被调到了第一线。他们装备的88毫米摩托化重型高射炮是最受德国陆军欢迎的反坦克利器,而在这次战斗中还往往成为德军抵御苏军重型坦克的最后希望。

---

**德国陆军第3装甲师**

德国陆军第3装甲师组建于1935年10月15日,号称"熊师",最初编制有第5、6坦克团和第3摩托化步兵团。成员主要来自普鲁士。是德军资格最老的装甲师之一。对苏战争开始时,第3装甲师下辖:第6坦克团,第3、394摩托化步兵团,第75摩托化炮兵团,第3摩托车营,第327摩托化侦察营,第327反坦克营,第39工程营,第39通信营。

9月初,第3装甲师可用坦克41~54辆,被击毁和在修坦克157~177辆。

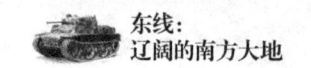

> **莫德尔**
>
> 莫德尔出生于东普鲁士的一个中产阶级家庭,参加过第一次世界大战中的凡尔登战役[①],曾由于多次负伤而获得高级勇敢勋章。一战结束后,他继续在德军中服役,还一度成为曼施坦因的部下,并被这位上司誉为"鲤鱼池中的梭鱼"。第二次世界大战爆发后,他分别以第4军和第16集团军少将参谋长的身份参加了波兰和法国战役,而在对苏作战中,已经被晋升为陆军中将的莫德尔又重新担任其战斗部队的指挥职务,率领德国第3装甲师参加对苏作战,并且在7月9日获得了骑士十字勋章。

到了1941年8月31日,古德里安第2装甲集群第24摩托化军以快速突袭的方式,已经在杰斯纳河上夺取了3个登陆场。其中德军第4装甲师占领的诺夫哥罗德—谢韦尔斯基登陆场,现在一直延伸到了红军第21集团军和第40集团军接合部纵深地带的科诺托普,这为古德里安装甲集群继续向南突击创造了非常有利的条件。为此,原来在摩托化第47军装甲第17师坐镇指挥的古德里安大将也赶紧赶到摩托化第24军,准备亲自指挥这个楔入红军阵地摩托化军迅速向纵深推进。但第24摩托化军此时也付出了相当沉重的代价,其第3装甲师此时仅剩下34辆可使用的战斗车辆,而第4装甲师也只有52辆,至于第10摩托化步兵师则更是消耗完了几乎所有的战斗兵员,只好把炊事班也投入了战斗。

尽管如此,德军在杰斯纳河上建立登陆场的事实仍然令斯大林大为震惊,一道道措辞严厉的命令因此飞向了布良斯克方面军司令部。8月30日,红军最高统帅部命令叶廖缅科立刻继续发动进攻,并且要求他消灭古德里安的装甲集群,进而击溃德国中央集团军群的整个南翼!9月2日,最高统帅部再次十分坚决地要求叶廖缅科中将:"应该彻底粉碎古德里安和他的整个集群。目前这点尚未做到,您要获得成功的一切保证还没有任何价值。我们等待您粉碎古德里安集群的捷报。"同一天,为了巩固杰斯纳河地区的防御,斯大林还下令将布良斯克方面军第21集团军编入西南方面军。这个举措在笔者看来具有两方面的含义:一方面,红军最高统帅部或许了解到了第21集团军此前和西南方面军部队协同不利的事实,所以干脆把这个集团军编入西南方面军以

---

① 《纳粹元帅沉浮记》,第91页。

装备发射的苏军152重榴弹炮

利于集中指挥。另一方面,将第21集团军从布良斯克方面军调走,也表示斯大林不再需要叶廖缅科分担杰斯纳河防御的任务,而要求他集中精力去组织对古德里安侧翼的反攻。

在斯大林的催促下,叶廖缅科再度收拢兵力向古德里安的侧翼集团(第17、18、3装甲师,第29摩托化师)冲杀过去。这次不仅投入了大量步兵,苏军机动部队也出击了,包括第108坦克师、第141坦克旅、第4骑兵师[①]。叶廖缅科的力量固然不足以像斯大林要求的那样"彻底粉碎古德里安和他的整个集群",但凭着一股子不要命的劲头,叶廖缅科还是给古德里安造成了很大的麻烦。在左翼的第47摩托化军不断遭到红军越来越凶猛反突击的情况下,古德里安无法指挥第24摩托化军继续南下。哈尔德大将在自己的日记中对此评价如下:"第2装甲集群在横渡杰斯纳河的进攻过程中,左翼与敌人纠缠得那么紧,以致连向南进攻也停顿了。该集群甚至还被迫放弃了已经夺占的一些地段。"

---

① 《巴巴罗萨:希特勒入侵俄国 1941》,第92页。

在坦克掩护下作战的德国步兵

　　为了摆脱这尴尬的困境，从8月31日开始，古德里安不断向中央集团群打电报，要求把原属于他的第46摩托化军调来增援。其实在此之前，他就提出过这项要求。可是博克和哈尔德却断然拒绝。他们仍在为进攻莫斯科的计划泡汤而怀恨在心，并将其归咎于古德里安，所以故意刁难。但在古德里安的不断请求下，他们终于松了口，可还是拒绝把部队一次性调给古德里安，而是采用"挤牙膏"的办法，把第46摩托化军拆开，一个一个交给古德里安[1]：8月30日，他们批准把"大日耳曼"摩步团派往诺夫哥罗德—谢韦尔斯基的登陆场；9月1日同意调来第1骑兵师；到9月2日，又批准动用党卫队"帝国"师。这两支部队被派去加强第24摩托化军的右翼。但由于9月3日中午突降大雨，"帝国"师2/3的部队被困在泥泞中未能及时赶到。直到9月初，第46摩托化军才算是到齐，但所管辖的兵力只有第1骑兵师和"帝国"师[2]。至于古德里安所要求的另外3个师：第7、11装甲师，第14摩托化师，则一直被扣住不放。

---

[1]《闪击英雄》，第245页。
[2]《德国武装力量和党卫军的兵团与部队》卷二，第90页。

在这个问题上,德国陆军总部和中央集团军群司令部挖空心思,不断地对古德里安施加压力,以报复他支持希特勒南下分兵决策。在这件事上,他们确实有些不择手段,甚至还窃听古德里安的通信。派到古德里安部队的国防军统帅部联络官纳戈尔中校,也因为替古德里安说了几句话而被当场撤职。

不管怎么说,古德里安在8月底9月初虽然没有得到全部援兵,但至少还是得到了一部分。这些兵力不仅巩固了他在杰斯纳河的登陆场,而且增强了第24摩托化军的侧翼安全。

9月1—2日,古德里安侧翼的第47摩托化军与叶廖缅科的机动军团爆发坦克大战。第17装甲师承受了苏军坦克部队的主要压力。不过战斗很快就分出了胜负:苏军被击溃,第108坦克师到9月2日逐渐被德军半包围起来,伴随其行动的第4骑兵师也遭到严重杀伤,被迫退出战斗。叶廖缅科的反击一败涂地,手下一部兵力反而在特鲁布切夫斯克附近被包围。9月6日,第108坦克师打得只剩下16辆坦克(2辆KV、10辆T34、4辆T-40)和5辆装甲汽车。只有第141坦克旅还保持着相当实力,有38辆坦克(3辆KV、14辆T34、21辆BT)①。德军的损失不详。不过,参加这次战斗的德国第17装甲师,到9月4日也只剩下38辆坦克可用。

古德里安的侧翼暂时安定下来。与此同时,配合古德里安南下的德国第2集团军,也在第3、4装甲师配合下,击败了红军第21集团军,在切尔尼戈夫以东的杰斯纳河以南地区夺取了登陆场。至此,古德里安在杰斯纳河上站稳了脚跟。虽然此时泥泞季节已经开始,但古德里安的南下作战行动已经不可阻挡。

在此前后,叶廖缅科的布良斯克方面军依然锲而不舍,持续不断地打击古德里安的侧翼。但这对全局已经产生不了决定性的影响,而该方面军自身不久也将陷入困境,以致不得不在将近一个月以后的9月30日转入防御。

---

① 《巴巴罗萨:希特勒入侵俄国1941》,第94页。

东线：
辽阔的南方大地

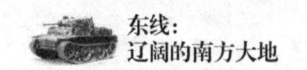

## 南方集团军群夺取第聂伯河登陆场

就在古德里安南下强渡杰斯纳河前后，德军南方集团军群也在红军西南方面军的正面和南翼采取了行动。此时，西南方面军正从8月中旬开始向第聂伯河东岸撤退，同时以第37集团军继续坚守基辅，作为牵制德军行动的一个坚固堡垒。而8月初新组建的第38集团军（包括山地步兵第47师，步兵第169、199、300、304师）则沿着第聂伯河守卫切尔科瑟地区的据点。

德军南方集团军群通过空中侦察及时发现了红军的撤退，并乘此机会占领了整个第聂伯河西岸沿岸地区，进而夺取了除基辅两侧以外的河西乌克兰地区。8月25日，德军第1装甲集群取得重大成果，所辖的第3摩托化军第13装甲师占领了第聂伯罗彼得罗夫斯克，还夺取此处的一座第聂伯河大桥。这样，德军就得以在红军西南方面的南翼打入了一个深深的楔子。德国人全力扩大这个成果。摩托化步兵快速通过被苏军炮火打烂的木筏桥，在1000米宽河面的东岸建立桥头堡。其后，直到9月1日的6天时间内，德军陆续向这个重要登陆场投入了大量部队，包括：第60摩托化步兵师（8月26日渡河）、第198步兵师（8月30日）、党卫队"维金"师（9月1日）。

苏军当然不会允许这个桥头堡存在，很快就发动了强大反击。一场恶战爆发了。德国战史宣称他们的3个师顶住了红军第17集团军第255、169、226、276、275步兵师，第8坦克师，第26、28骑兵师的攻击，并且将登陆场向东扩展到了萨马拉河。应当指出，德国人所说的"红军第17集团军"确实存在，但在苏德战争期间却从未离开过苏联远东的后贝加尔军区（方面军）[①]，所以肯定是搞错了。从德国人列举的师团番号和其他相关资料分析，他们指的其实是乌

---

[①]《苏联军事百科全书·军事历史》上，第142页。

曼战役中被歼灭后重建的红军第6集团军。这个集团军8月底刚刚在南方面军步兵第48军基础上组建起来,兵力包括步兵第169、226、230、255、273、275师,骑兵第26、28师,坦克第8师,歼击航空兵第44师。集团军司令员是马里诺夫斯基少将。作为一支才仓促重建就被投入战场的部队,红军第6集团军的战斗能力非常有限。

8月24日,德军南方集团军群指挥处发出第1822／41号绝密文件,对战场形势进行了分析,报告认为:"……从河口到基辅南部的第聂伯河两岸已牢牢掌握在德军手中。与此同时,已有迹象表明,在加尔诺斯泰波尔附近渡河似有可能。此举虽然可能在杰斯纳河地段遇到敌人新的抵抗,但必然会给红军在基辅附近的防守带来影响,如果中央集团军群将部分兵力使用在切尔尼戈夫,那么,就在可能与第17集团军在克列缅楚格及其北部的波河遥相呼应,从而促成红军第聂伯河防线的崩溃和苏拉河沿岸苏军正在构筑的阵地的瓦解……"

报告写得非常乐观,但对南方集团军群冯·龙德施泰特元帅来说也存在不乐观的因素:该集团军群的进攻当时大致分成两个方向,在基辅的正面和南面

正在渡河的德军

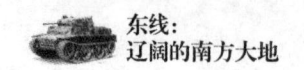

进攻的德军第6集团军右翼兵团,第1装甲集群和第17集团军等部队进展顺利,其先头机械化部队已经推进到了乌曼以东的基洛夫格勒,严重威胁红军西南方面军的侧后以及其与南方面军之间的联系;而在北面,德军第6集团军左翼兵团却碰到了麻烦。

德军南方集团军群交给第6集团军的任务是和南下的德国第2集团军取得联系,由北面包围基辅;同时消灭难缠的红军第5集团军。前一个任务,第6集团军完成得很出色。其所属的第17军由奥夫鲁奇东面向普里皮亚季沼泽中部挺进,并以第62步兵师的一个战斗群,沿铁路附近的沼泽地区在1941年8月26日通过叶利斯克,向位于普里皮亚季弯曲部的莫济里方向发动进攻,从而使自苏德战争爆发以来就未能取得联系的德国南方集团军群和中央集团军群终于会合。而第6集团军第51军则从基辅北部向东实施进攻,配属给它的第11装甲师占领了加尔诺斯泰波以东的第聂伯河大桥,从北面封锁了基辅。

但德军第6集团军却未能完成后一个任务。尽管他们实施了多次进攻,红军第5集团军仍然能够巧妙地躲开德国人的合围,"隐蔽了撤退企图,突然从全线撤退",而且还撤到杰斯纳河防线设防。在8月25日,德军第6集团军第51军渡过第聂伯河,企图在杰斯纳河接应南下的中央集团军群第2集团军,却被苏军第5集团军阻挡在该河西岸。

正在清洗车辆的武装党卫军士兵

另一方面，德国人虽然在基辅北部建立了加尔诺斯泰波尔登陆场，但该登陆场却仍然处于苏联空军和河区舰队炮艇的威胁之下，而且从加尔诺斯泰波尔通向普里皮亚季中部的道路只有一条，无法同时通过大量的德国军队，自然也就无法迅速消除红军第5集团军对南方集团军群侧翼的威胁，使得南方集团军群在配合中央集团军群南下进攻上困难重重。

在这种情况下，南方集团军群司令部认为，第6集团军不应该急于和南下的德军中央集团军群第2集团军在基辅北部取得联系，而应该动用主力部队从正面进攻基辅城，以牵制在此防守的苏第37集团军。他们认为，鉴于基辅作为苏联南部交通枢纽的重要地位，不仅守城的红军第37集团军不会轻易放弃该城，而且那个极为狡猾的红军第5集团军为了保住基辅，也将和德军进行决战。基辅城因此将成为吸引大批红军的陷阱。而与此同时，德国装甲快速部队则继续从第聂伯河中游向前迅猛推进，迂回包抄被德军牵制在基辅城下的红军重兵集团，将其围而歼之。

对于南方集团军群司令部的上述计划，德国陆军总部大为反对。他们仍然坚持让第6集团军向北面进攻，与第2集团军建立更为牢固的联系，并配合其对杰斯纳河上的据点——切尔尼戈夫的进攻。但德国南方集团军群司令部坚持己见，导致双方争执了三四天。最后在8月27日，南方集团军群参谋长、步兵上将冯·佐登施特恩通过电话说服了陆军总部的顶头上司哈尔德大将。德军南方集团军群开始按预定方案行动了。

8月28日20时，南方集团军群发布了指挥处第1850／41号绝密文件，也就是所谓"下一步巴巴罗萨作战行动"的第7号指令。指令规定，在北翼和中翼，基辅城下的德军第6集团军为了牵制红军重兵集团，将以主力从正面发动进攻。同时第6集团军还以第51军的兵力继续进攻北面的红军第5集团军，并巩固和中央集团军群南下部队的联系。

而在基辅东南，德军第1装甲集群则应该在第17集团军配合下，对红军侧后的第聂伯河防线发动猛攻。为此，第17集团军将以"克列缅楚格及其南面为渡河的重点地段。在建立战术桥头堡后，应毫不迟延地向前突击。以建立

一队苏联士兵在战场上架设反坦克炮

集团军所需的登陆场"。和第17集团军相比,交给第1装甲群的具体任务则比较夸张。该集群不仅"必须尽早赶到克列缅丘格南面",且"视情况的发展,装甲集群还将向哈尔科夫方向突击,拦截东撤之敌,必要时,还可与第2装甲集群协同作战。第2装甲集群已于8月27日在科诺托普附近的诺哥罗德—谢韦尔斯基以南的地段渡过杰斯纳河,现正向南发展进攻"。

为了准备第1装甲集群的这次远距离机械化进军,南方集团军群在此前的一段时间内,一直忙于调整情况不够理想的后勤工作。由于这个地区铁路通行能力太低,南方集团军群只能让汽车运输队回到苏波边境拖运物资。到了8月1日,也就是德军发动新攻势前4天,南方集团军群的弹药储备仍然只有基本携带量的1/6或1/7。而第1装甲集群则是靠着第17集团军的帮助才在8月23日暂时解决了物资补给问题。为了改善后勤状况,德军在8月底将南方集团军群重型运输队调出来进行休整,其力量因此得以恢复到编制数量的70%。这才为德军机械化部队的行动创造了一定的条件。

尽管后勤状况并不理想,但由于德国人担心红军将会撤出第聂伯河地区,因此南方集团军群仍然要求所属部队"不要顾及补给问题","不要相互依赖,无须顾及友邻",而应该不顾一切地实施全面追击。

## 第四章 基辅会战

8月29日至9月1日,德军第17集团军所属的第11、52军在经过周密侦察后,开始强渡第聂伯河。8月31日,第17集团军所属第52军在克列缅丘格以东一个叫杰里耶夫卡的小村子附近,向红军第聂伯河防线发起进攻。

此前已经介绍过,在第聂伯河防守的苏第38集团军也是一个8月初匆忙组建起来的集团军,最初拥有山地步兵第47师,步兵第300、304、169、199师,后来增加到7个师。集团军司令员费克连科坦克兵少将曾被任命为机械化第19军军长。在战争初期由于表现出色,他被授予红旗勋章,其后又被西南方面军司令员基尔波诺斯上将推荐为第38集团军司令。但遗憾的是,这位出色的坦克兵少将由于受德军在切尔卡瑟附近克罗列维茨岛佯攻的迷惑,竟然将第38集团军全部7个师中的4个师,其中还包括集团军唯一的预备队师,调到切尔卡瑟附近。而在德军在普肖尔河与沃尔斯克拉河之间的真正登陆点,红军仅部署了步兵第300步兵师,该师负责的防线宽达54公里。而在德军强渡地段,苏军更是只有一个步兵团兵力去对付德国人的第97、100轻装师主力。德军这些部队得到了大批炮兵的支援。仅在担任主攻的第97轻装师的地段内,就配置了第501炮兵团参谋部,第46炮兵团第2营、第176炮兵团第4营、第863炮兵团第2营,以及迫击教导团第1营和第48高炮营第1连。按照编制,其火炮数量为36门,其中不包括高射炮和迫击炮。

战斗打响后,搭载步兵的德国强击艇在火炮、迫击炮、第4航空队的飞机和释放烟雾的掩护下,迅速冲到了对岸。对德国人这突如其来的袭击,红军完全出乎意料,结果不仅未能有效地阻止敌人渡河,而且还让敌军从自己手中夺取了克列缅丘格登陆场。与此同时,德军还占领了河中的几个小岛。为了消除德国人在第聂伯上的登陆场,在其后几天里,红军陆续投入了骑兵第5军部队及步兵第304师,连同此前在此防御的步兵第300师,总共只有两个步兵师和一个在行军中遭到德军空袭,人员损失严重的骑兵军(包括由后来的苏联国防部长格列奇科指挥的骑兵第34师),他们所要对付的德军却有第11、52军所属的5个师的兵力。在这种情况下,德国南方集团军群在基辅以南的桥头堡被建立了起来。

# 之三：基辅合围

## 双方统帅部的计划

到了8月底，德国南方集团军群占据了夺取基辅和西北乌克兰的重要进攻出发阵地，和从北面进攻的古德里安第2装甲集群共同对红军西南方面军形成了夹击之势。至此，德军南北两个集团军都已经完成了对基辅苏军重兵集团实施大包围的准备。

但相比较之下，对于基辅南部德军夺占克列缅丘格登陆场的行动，红军西南方面军司令部并没有过多地关注。按照他们的分析，第聂伯河一线的水障碍大大限制了德国人的行动，而红军第26、38集团军的兵力也足以阻止德军南方集团军群。对此德国南方集团军群在其9月1日的形势分析中也承认"看来，红军西南方面军的第38、26、5集团军的指挥仍是有条不紊和严格有力的"。在这种情况下，红军似乎也没必要对基辅南部过于忧虑。

此刻，西南方面军的注意力几乎完全被正从北面南下的古德里安装甲集群所吸引。他们非常明白，如果不能阻止这股生力军进入乌克兰，那么红军西南方面军将遭受自开战以来最为可怕的灾难。面对来自北面的严重威胁，红军西南方面军当然不会完全坐以待毙。但由于此前他们也和斯大林一样对布良斯克方面军的反攻给予过大的希望，因此把部队主力部署在了基辅正面和北面，而在德国第2装甲集群进攻的杰斯纳河地区，仅仅部署了仓促组建起来的第40集团军。如前所述，这个集团军只有3个不满员的师和一些损失严重的空降兵部队，而其所要对付的敌人却是古德里安第2装甲集群所属的第24、46摩托化军，兵力对比极为悬殊。

9月4日，感到严重威胁的红军西南战略方向总司令布琼尼采取了措施。为了对付从北面压过来的古德里

苏联西南方面军司令基尔波诺斯，于基辅之战中阵亡

安，他决心向杰斯纳河防线增派援军。为此他向最高统帅部大本营发出了报告，首先确认德军已经对西南方面军两翼构成了包围态势，而且有可能冲入方面军深远后方。为了消除这种威胁，布琼尼请求派来预备队，而如果红军最高统帅部大本营没有预备队，则请求允许从基辅筑垒地域和第26集团军各抽调两个师，加强北面的防御。这一建议当天得到了斯大林的批准。

在防御古德里安的同时，布琼尼对德国南方集团军群在第聂伯河上的杰里耶夫卡建立登陆场一事也不能漠然处之。同一天，布琼尼还和西南方面军司令员基尔波诺斯就此事通了话。布琼尼元帅非常清醒地告诉基尔波诺斯"延迟对清除杰里耶夫卡附近的登陆场，无异于死亡"。因此必须立刻把德国人从第聂伯河左岸赶回去，西南方面军为此需要派出得力人员去第38集团军，监督其司令员费克连科执行这个任务。

就在布琼尼调兵遣将的同时，德国人也制订出了下一步的作战计划。虽然基辅战役还没有结束，希特勒却已经在为进攻莫斯科做准备了。9月6日，

他为此发布了第35号指令。在命中,为了给莫斯科战役腾出兵力,希特勒要求在基辅方向"以渡过第聂伯河向北推进的南方集团军群部队,同中央集团军群南翼的进攻保持连贯,共同歼灭克列缅丘格、基辅、科诺托普三角地区的敌人"。同时,他还下令德军准备向南方红军更为深远的纵深——哈尔科夫和罗斯托夫进攻。

按德军的内部评估,9月初的东线南部战场,77个德国师对峙着47个苏联师①,占据绝对兵力优势。其中在基辅方向,德军南方、中央两个集团军群,已经集中了5个集团军:第2、6、17集团军,第1、2装甲集群,总计约57个师(包括9个装甲师和7个摩托化师。还有匈牙利和意大利各一个摩托化军),开始对红军西南方面军的大包围作战。

### 1941年9月3日基辅作战德军作战序列②

(不含集团军群直属及预备队等)

第1装甲集群:第48摩托化军(第16装甲师)、第3摩托化军(第13、14装甲师,第60摩托化师,党卫军"维金"师,第196步兵师)、第14摩托化军(第9装甲师,第25、16摩托化师)、意大利快速军(意第52、3、9师)、匈牙利快速军(匈第1、2摩托化旅,匈第1骑兵师)

第2装甲集群:第47摩托化军(第18、17装甲师,第29摩托化师)、第24摩托化军(第4、3装甲师,"大日耳曼"团,第10摩托化师)、第46摩托化军(第1骑兵师,党卫军"帝国"师)

第2集团军:第43军(第293、131步兵师)、第13军(第260、17、134步兵师)、第35军(第45、112步兵师)

第6集团军:第51军(第98、113、262、79、111步兵师)、第17军(第296、44、298步兵师)、第29军(第71、99、299、75、95步兵师)、第34军级(第294、132步兵师)、直属(第11装甲师,第56、62、168步兵师)

第17集团军:第4军(第24、94步兵师)、第44军(第68、297步兵师)、第11军(第101、239、125、257步兵师)、第52军(第76、100、97师)、第55军(第57、298、9步兵师)

为这次进攻,德军集中了100万兵员。不过因为哈尔德等人的阻挠,加上

---

①《博克日记》,第306页。
②《德国武装部队的兵团与部队》卷二,第6、84、90页;卷三,第2页;卷四,第51页。

损失太大,为基辅大包围动用的装甲部队并不算特别强:

8月份,东线德军"完全损失"了638辆坦克和强击火炮。到9月1日,只剩下2262辆坦克和强击火炮(不含预备队)。再到9月4日,东线17个一线装甲师先后投入的3397辆坦克,已有1801辆被击毁或正在修理,剩下可立刻投入战斗的还有1596辆。

可是其中只有三成多用于基辅战役。具体些说,在9月初,参加基辅之战的可用的德国坦克只有581辆。虽然加上强击火炮等,数量会更多一些。古德里安的第2装甲集群的实力尤其薄弱。这个军团自开战以来损失惨重,加上大量部队被扣留在中央集团军群,现在古德里安手头仅有4个装甲师合计190辆战备坦克,实力仅相当于一个满员装甲师而已。如前所述,这种状况,很大程度是博克和哈尔德等人对古德里安支持希特勒意见的报复。不仅如此,古德里安所要求的援兵也迟迟不能到位。

**1941年9月4日东线德国装甲师装备状况[①](个)**
(不含预备队、独立坦克部队、强击火炮)

| | 部队 | 战斗准备 | 修理 | 完全损失 | 总数 |
|---|---|---|---|---|---|
| 第1装甲集群 | 第9装甲师 | 62 | 67 | 28 | 157 |
| | 第13装甲师 | 96 | 30 | 21 | 147 |
| | 第14装甲师 | 112 | 24 | 27 | 163 |
| | 第16装甲师 | 61 | 26 | 70 | 157 |
| 第1装甲集群总计 | | 331 | 147 | 146 | 624 |
| (%) | | (53) | (24) | (23) | (100) |
| 配属给第6集团军 | 第11装甲师 | 60 | 75 | 40 | 175 |
| 第2装甲集群 | 第3装甲师 | 41 | 157 | | 198 |
| | 第4装甲师 | 49 | 120 | | 169 |
| | 第17装甲师 | 38 | 142 | | 180 |
| | 第18装甲师 | 62 | 138 | | 200 |

①《德国陆军 1933—1945》卷三,第205页。

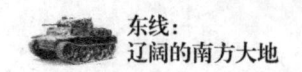

续表

| | 部队 | 战斗准备 | 修理 | 完全损失 | 总数 |
|---|---|---|---|---|---|
| 第2装甲集群总计 | | 190 | 557 | | 747 |
| （%） | | (25) | (75) | | (100) |
| 配属给第4集团军 | 第10装甲师 | 159 | 22 | 25 | 206 |
| 第3装甲集群 | 第7装甲师 | 130 | 87 | 82 | 299 |
| | 第19装甲师 | 102 | 47 | 90 | 239 |
| | 第20装甲师 | 88 | 62 | 95 | 245 |
| 第3装甲集群总计 | | 320 | 196 | 267 | 783 |
| （%） | | (41) | (25) | (34) | (100) |
| 第4装甲集群 | 第1装甲师 | 97 | 24 | 33 | 154 |
| | 第6装甲师 | 188 | 11 | 55 | 254 |
| | 第8装甲师 | 155 | 33 | 35 | 223 |
| 第4装甲集群总计 | | 440 | 68 | 123 | 631 |
| （%） | | (70) | (11) | (19) | (100) |
| 配属给第16集团军 | 第12装甲师 | 96 | 34 | 101 | 231 |
| 东线总计 | | 1596 | 在修542、全损702、不明557 | | 3397 |
| （%） | | (47) | (大约23) | (大约30) | (100) |

1941年9月6日东线航空部队可以升空的飞机配备情况[1]（架）

| | 战斗机 | 驱逐机 | 水平轰炸机 | 俯冲轰炸机 | 远程侦察机 | 总计 |
|---|---|---|---|---|---|---|
| 第1航空队 | 166 | 39 | 203 | 60 | 13 | 481 |
| 第2航空队 | 44 | | 141 | 55 | 11 | 251 |
| 第4航空队 | 85 | | 96 | 71 | 21 | 273 |
| 总计 | 295 | 39 | 440 | 186 | 45 | 1005 |

8月下旬，东线三个航空队可用的作战飞机尚有1916架。可是到9月6日，就减少到1005架（不含近程侦察机等）。用于基辅作战的有300架可供使

---

[1]《烈焰中的鹰》，第98页。

用的飞机（包括96架水平轰炸机、85架战斗机、71架俯冲轰炸机、21架远程侦察机。另有相当数量的陆军军属飞机和近程侦察机）的庞大兵力。虽然装甲兵力不算太强，德军的总体实力依然相当优厚，而且占据了极为有利的战役态势。

与这一强敌相对，苏联西南方面军的实力极为薄弱。9月1日，方面军有75万兵员和3923门火炮迫击炮，但只有114辆坦克和167架飞机①。

基辅战役中被俘虏的苏军

显然，因为此前斯大林把大部分资源都投入到了斯摩棱斯克方向，所以南部战区的红军没有得到足够的武器装备。如今，西南方面军如此虚弱的机动力量，完全没有可能击退德军2个装甲集群的581辆战备坦克。西南方面军的士气更是萎靡。该方面军政治部9月2日的报告提到，在8月27日，苏联第284步兵师派出的12名潜伏哨，居然有10人开了小差——一些苏联士兵故意充积极，报名参加潜入德军后方的行动，目的是为了趁机逃跑②。

基辅大战的最后阶段在即。此时，基辅城内却还过着正常生活。俄国人以为该城所面临的最危险阶段早已过去。他们所没料到的是，正是在基辅，红军西南方面军的最后日子即将来临。

---

①《巴巴罗萨：希特勒入侵俄国》，第132页。
②《苏联历史档案汇编》卷十六，第247页。

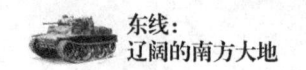

## 西南方面军防御的崩溃

面对优势德军的迅猛攻势,布琼尼在9月4日制订的计划在北南两个方向都执行得很不顺利。在北面的杰斯纳河,红军第40集团军以极为薄弱的兵力在抵抗古德里安属下的摩托化第24、46军的攻击。其中,拉古京上校指挥的步兵第293师在谢缅琴科将军指挥的独立坦克第10师几十辆坦克支援下,对古德里安装甲集群造成了很大的牵制,以至于这位德国陆军大将在他战后的回忆录中把这个苏军步兵师说成4个师,而当时整个红军第40集团军总共只有3个师。但苏军的兵力毕竟弱小,完全不足以抵挡强大的古德里安的铁甲洪流。9月7日,德军在杰斯纳河南岸的登陆场已经巩固,德军第24摩托化军也完成了向南进一步进攻的准备。

当天黄昏时,中央集团军群下达了让古德里安向位于基辅以东的罗姆内突击的命令,同时还要求他的第24摩托化军在和西面的第2集团军建立联系后,应在罗姆内停止进攻。由于此前中央集团军群曾经命令古德里安向另一个方向发动进攻,现在突然改变计划已经让他大为不满,而限制他的进攻目的更是古德里安所不能接受的。为此他在夜间签署命令,要求"第2装甲集群应继续向博尔斯纳—罗姆内一线进攻,以阻止红军第21集团军向东撤退。第24摩托化军所属各师应强渡谢伊姆河,继而向博尔斯纳—梅德韦斯赫一线进攻,夺取博罗斯纳河和罗缅河上的桥头堡"。

9月7日,古德里安向南展开攻击队形。他以第47摩托化军(第17、18装甲师,第29摩托化师)在左翼掩护,以第24摩托化军居于右翼担负主攻。该军用第3、4装甲师和第10摩托化师为先锋,党卫军"帝国"师紧随其后[1]。不过,

---

[1]《南方集团军群:德国武装部队在俄国》,第67页。

越过铁轨的德军半履带牵引车

可以投入战斗的坦克只有200辆不到。直接为古德里安提供空中掩护的空军单位有第3、53轰炸机联队,第210攻击机联队,第51战斗航空联队[1]。

在古德里安右侧的宽大战线上,德国第2集团军展开第13、43、35军,由右向左为:第17、134、260、131、293、112、45步兵师。他们构成了围困基辅以西苏军的北部屏障。

但要真正包围住苏军,还是需要古德里安的装甲钢刀切断其退路。9月8日,第2装甲集群于杰斯纳河与谢伊姆河沿线发动强大的攻势,开始快速向红军西南方面军的后方实施突击。在已经没有一个师预备队的情况下,红军第40集团军在诺夫哥罗德、谢韦尔斯基、科诺托普地段的防御很快就被德军的装甲纵队突破,在其防线上出现了60多公里宽的大口子。

在这次进攻中,德军第3装甲师再度成为快速突击的尖兵。虽然该师到9月初的坦克损耗率高达45%(彻底损失的坦克就有70辆),但在师长莫德尔的指挥下,第3装甲师克服苏第40集团军的顽强抵抗,不顾一切地向前猛冲。9月10日,该师冲到了西南方面军后方的罗姆内,虽然红军此前在该城构筑了大量反坦克堑壕和铁丝网,但由于守城苏军完全没有预料到德军会来得这么

---

[1]《巴巴罗萨战役(1)南方集团军群》,第58页。

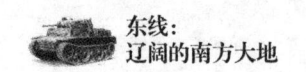

快,以至于还来不及做出反应就丢掉了罗姆内。然而,城内的抵抗却没有很快结束。

此时,莫德尔的坦克也只剩编制的20%！而他占领的这座城市,在1708年12月曾是瑞典国王查理十二世在波尔塔瓦被俄国彼得大帝击败前的大本营。苏联空军对失陷的罗姆内实施了25次空袭,几乎将城市夷为平地。而正驱车赶往罗姆内的古德里安也差点被苏联飞机干掉。但不管怎么样,罗内姆被占领后,红军第40集团军就被德军分割成了两部分,所属的空降第2军只能退入红军第21集团军防地。

就在第2装甲集群急进的同时,在该装甲集群以西行动的德军第2集团军发动的辅助攻势也取得了成功,有力配合了第2装甲集群的行动。当天,德军第2集团军攻占切尔尼戈夫,并与德军第6集团军左翼的第51军会合,这个军在9月6日突破杰斯纳河防线,并在该河以东的米罗夫斯克附近建立了登陆场。这导致苏军第5集团军的侧后遭到德军的严重威胁。为此,布琼尼请求莫斯科批准该集团军撤退,却遭了斯大林的拒绝。

在古德里安突破基辅方向以北防御的同时,红军第38集团军对第聂伯河德军的反击战也遭到了失败。在这个方向,德军以大约20个师的兵力对付红军第38集团军的5个步兵师和4个骑兵师。被西南方面军司令部派到那里去的巴格拉米扬看到,大批的红军向德国人据守的山坡冲去。当他们的前排散兵线到达并翻越高地棱线时,整个高地都被德国人铺天盖地的炸弹、迫击炮弹和炮弹所覆盖,接着德国人的坦克群

在战地接受修理的德国坦克

开始从高地的棱线上向下开来,而苏军士兵只能在炮兵的掩护下,一面回射一面慌忙用跃进方法退却。红军的反击重点被放在了德军第52军上,为了消除该军占据的登陆场,第38集团军投入了4个步兵师,骑兵第5军,第3、142坦克旅和第47坦克师(该师有坦克约30辆)。

这就为德国第17集团军的另一个军——第11军提供了可乘之机。

> **巴格拉米扬**
>
> 1897年出生,1915年参加沙皇军队,2年后毕业于准尉学校。1920年12月自愿参加红军,1923—1931年担任亚美尼亚步兵师属骑兵团的团长,以后又曾经担任过基辅军区骑兵师参谋长。直到1941年他才参加苏联共产党,而且长期待在军事学院里的教研室里坐冷板凳,无法得到提拔。直到苏德战争前夕的1940年,这位未来的苏联元帅被老朋友朱可夫推荐到基辅军区(战争爆发后在其基础上组建了西南方面军)担任集团军参谋长,而且很快成为军区副参谋长和作战部长。在基辅之战中,他得以冲出包围圈。而在以后的战争中,他的前途将是非常广阔的。

9月7日,德军第11军在克列缅丘格以南强渡普肖尔河。当天夜间,德军第11军第257步兵师在大批炮兵支援下,又在克列缅丘格以西的塔布里什切附近渡过第聂伯河。红军在克列缅丘格的防御极为薄弱,只部署了第297步兵师的部分兵力。9月8日日终时分,德军第257步兵师以轻微代价夺取了一个纵深5公里,宽度12公里的桥头堡。苏军对德军的上述行动有一些战术反应,但方面军高层并没有加以特别关注。克列缅丘格本身也很快被苏军放弃。大好战机落到了德国人手中。

在攻占克列缅丘格后,德军动用第73、74工兵营,第107帝国劳工队和18个舟桥纵列的力量,在9月11日中午12时前,建起了一座200米长,载重16吨的军用桥。与此同时,德军第1装甲集群主力部队开始接近第聂伯河。

9月11日零时,德国第1装甲集群接管了第17集团军修建的第聂伯河大桥的交通调整,并且接受了该集团军的勤务和后勤部队。这为该装甲集群在其后不久升格为装甲集团军创造了条件。

当天,第48摩托化军所辖的第16装甲师先头部队开始渡过第聂伯河。该

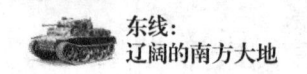

师剩余兵力也在第二天的滂沱大雨中完成行军。与第16装甲师一道过河的还有第9、13装甲师和第16、25摩托化步兵师。同时,第14摩托化军所辖的第14装甲师(9月10日可用坦克120辆),以及第60摩托化步兵师和第198步兵师,也在杰里耶夫卡附近渡河。

9月12日,德军集中火炮和火箭炮进行了一番短暂而猛烈的轰击。随后,德第1装甲集群在第17集团军配合下,从克列缅楚格登陆场出发,以坦克部队为先导发动猛烈进攻。作为先头部队的第48摩托化军拥有第16、9装甲师(月初可用坦克合计123辆),其中第16装甲师抢先完成渡河并发动攻击。虽然天气恶劣,但德国第4航空队的第5航空军仍全力为装甲部队提供空中支援,第2高炮军也赶到渡口展开对空防御。

这场攻击令苏军猝不及防。俄国人原本以为德军会从普肖尔河与沃尔斯克拉河之间突破。可现在第1装甲集群突然在克列缅楚格出现,完全出乎他们的预料之外。这可能是苏德战争中,苏军最大的战术失误之一。现在,在德国装甲部队的强大尖峰上,只有苏联第297步兵师的一个团,他们很快就被撕裂。苏军在此地也没有多少其他部队可供使用。德国坦克一路狂奔,很快就冲到了红军第38集团军司令部所在的韦斯约雷伊波多尔火车站。还没有醒过神来的红军哨兵居然把德国坦克从自己的眼皮子底下放进了司令部大楼。待到回过神来,司令员费克连科少将等人只能从窗口跳出去逃生。

就这样,红军第38集团军的第聂伯河防线彻底崩溃。德军第1装甲集群各装甲师的履带都快速转动起来。第16、9、14装甲师迅速向前推进,在苏军第6、38集团军之间打开一个20公里宽的缺口。但此时苏军已有所防备。9月13日,推进到基辅以东的交通要点卢布内之后,胡贝的第16装甲师遭到一群苏联高射炮手和民兵的顽强抵抗。胡贝的攻势暂时停顿。不过这挫折对胡贝来说不算什么。经过调整,他在第二天以一阵猛烈炮击和步兵冲击拿下卢布内。此时天气已经转晴。

胡贝指挥第16装甲经卢布内继续向西北方向推进,第9装甲师紧随其后,第14装甲师则在胡贝的左侧展开行动①。他们的目标是迅速和古德里安的第2装甲集群会合,将红军西南方面军的第21、5、37集团军的几十万大军围歼在切尔尼戈夫、基辅、涅任三角地区。

## 红军西南方面军陷入合围

苏联西南方面军虽然没有及时发现德国第1装甲集群在克列缅丘格的突破,但对德国装甲部队穿插到后方的威胁却早有预料。无论这一突破在具体什么方向,由于兵力有限,特别是没有坦克预备队,西南方面军显然无力加以遏制。而一旦德国人达成目的,无疑意味着西南方面军的死亡——将有两个德国装甲集群涌入其后方。因此,他们对斯大林死守基辅的战略构想早就提出了异议。

9月7日晚上,西南方面军发出警告说第5集团军主力有遭到包围的危险,请求将第5集团军和第37集团军右翼撤退到杰斯纳河。华西列夫斯基和沙波什尼科夫研究上述报告后,向斯大林提出建议:立即将整个西南方面军撤过第聂伯河,然后继续向东撤退,同时放弃基辅城,否则西南方面军可能全军覆灭。可是斯大林一听到要放弃基辅就怒不可遏。9月9日,斯大林勉强同意第5集团军和第37集团军右翼撤退到杰斯纳河,但仍要求保住基辅②。

就在德国第1装甲集群在克列缅丘格渡河同一天的9月11日,苏西南方向总指挥部总司令布琼尼给斯大林打了一个电报③。这位元帅向斯大林指出,红军西南方面军的预备队已经消耗殆尽,而从南方面军调来的第2骑兵军不仅兵力有限,而且远水也解不了近渴。因此,布琼尼对于沙波什尼科夫秉承斯

① 《巴巴罗萨:希特勒入侵俄国1941》,第130页。
② 《华西列夫斯基元帅战争回忆录》,第119—120页。
③ 《第二次世界大战史》卷四,第141页。

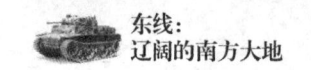

大林旨意传达的坚守基辅的决定提出抗议，要求立刻放弃该城，将西南方面军撤退到普肖尔河一线。

斯大林的答复是立刻把这个老元帅撤了职，而由西方战略方向总司令铁木辛哥接替其职务。同时，他命令苏军西南方面军："未经许可不得放弃基辅，不得炸桥。……在组成对付敌科诺托普集团的突击集团在普肖尔河建立防线之后，……方可开始从基辅撤退。"而在9月12日23时50分，斯大林还向各方面军、各集团军、各师发出了反对"惊慌失措"的命令，要求前线部队鼓起勇气作战，并在每个师内成立兵力约一个营的拦截队，授权他们可以用武器对付逃跑的官兵。

拦截队并不能阻止战局的恶化。而新任的西南方向总指挥铁木辛哥元帅似乎也没更好的办法。鉴于目前极为不利的形势，他只好硬着头皮，再次向斯大林建议放弃基辅。但斯大林仍然不愿失去这座极具战略价值的千年古城。这样一来，西南方面军失去了最后的机会。

9月13日，对前途感到绝望的红军西南方面军参谋长图皮科夫少将向总参谋长报告了形势："您所知道的灾难一两天之内就要开始了。"但莫斯科仍然不为所动。就在第二天5时，斯大林亲自口授了回复，其中写道："图皮科夫少将向总参谋部提交的15614号报告是一份惊慌失措的报告。相反的，情况却要求各级指挥员保持格外的冷静和沉着。不要惊慌失措，要采取一切措施守住已经占据的阵地，尤其要固守两翼。必须要求库兹涅佐夫和波塔波夫停止后撤。应当向方面军全体指战员说明必须顽强战斗，不要向后看。要毫不动摇地执行斯大林同志9月11日给你们的指示。沙波什尼科夫。1941年9月14日5时零分。"

虽然斯大林的口气仍然强硬，但他或许也已经预感到了灾难的降临。在发过上述电报后第二天，他把刚刚任命的西方面军司令员科涅夫叫到了莫斯科，却并没有和他谈论紧迫的作战问题，而是商量设立库图佐夫和苏沃洛夫勋章。斯大林仿佛想暂时躲开那些令人心烦意乱的前线报告，但这丝毫也不能改变那里战局极度恶化的事实。

正在看地图的德军摩托侦察兵

在基辅方向，战斗进入了白热化阶段。为了阻止德军实施合围，苏西南方面军调动了一切兵力，却仍然无法阻止南、北两路德军的靠拢。事实上，没有足够的坦克，俄国人的反击没有可能成功。向南急进的德军坦克部队克服了苏军连续不断却分散而不协调的反击，在秋季因为连绵不断的苦雨而泥泞不堪的道路上，尽一切可能加速推进。其中担任先头部队的莫德尔的第3装甲师当时虽然仅有20%的坦克还可使用，但却靠着缴获的苏联油料保持了迅猛突击的势头。为了早日封闭对红军的合围圈，该师派出由弗兰克少校指挥的先遣战斗群，包括第521反坦克营第3连、第3步兵团第2连、第1侦察营第1连、第75炮兵团第6连、第6坦克团第2营的2辆Ⅱ号坦克、3门轻型高射炮和1个工兵排。

战斗群从罗姆内地区开出。1941年9月14日18时20分，他们遇到了第1装甲集群第16装甲师的一些蓬头垢面的士兵（属于第16工兵营第2连）。涂着"K"（代表第1装甲集群司令克莱斯特）和"G"（代表古德里安）的坦克聚集到了一起。这意味着德军的两支装甲铁钳，在基辅东面的洛赫维察—卢布内一

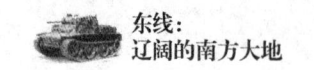

线合拢了。9月15日,第9装甲师也与第3装甲师会合。

为了实现这次合拢,莫德尔的第3装甲师损失重大,在9月15日,该师的坦克第6团只有10辆坦克可以使用,其中Ⅱ号坦克6辆、Ⅲ号坦克3辆、Ⅳ号坦克1辆。除坦克损耗率较高(基辅战役中为75%)外,第3装甲师人员伤亡也很严重,第75炮兵团团长里斯上校战死,师长莫德尔也一度负伤。

但对德国军队来说,付出这些代价还是值得的。此时,苏西南方面军的第21、5、37、26等四个集团军已经陷入了一个边长约500公里,总面积约13.5万平方公里的三角形合围圈,被围人员总数达45万余人(按苏联总参谋部的统计)。包围他们的部队包括北面的德军第2装甲集群,第2集团军,西面的第6集团军,南面的第1装甲集群和第17集团军。西南方面军在东面的退路被南北对进的第1、2装甲集群切断。

第二天,德军开始对被围红军实施分割合围。在第聂伯河西岸,德国第6集团军所属的第51军和第17军从北面,第29军则从西南面,包围了基辅和红军第37集团军,将他们与东面被围的红军西南方面军主力隔开,此时,德军第6集团军的兵力已经从7月的16个师增加到了8月份的21个师,对红军占有绝对优势。

在第聂伯河东岸,由第5、26、21集团军组成的西南方面军主力也遭到了德军一系列复杂的分割合围,其中北面的第5、21集团军被德军第6集团军第51军和第2集团军分割在普里卢基两侧,此时已经陷入混乱。南面的第26集团军在接受了第38集团军残余后,仍然沿第聂伯河防御。他与北面苏军的联系遭到德军第2集团军的威胁,其在南面的阵地则被德国第1装甲集群弄得支离破碎,德军第48摩托化军在卢布内地区已经深入了红军这个集团军的后方。

9月17日晨5时,西南方面军再次请求突围[①]。斯大林近乎偏执地要求死守基辅,令大难临头的方面军指挥官们困惑不解。亲历其事的巴格拉米扬战

---

[①]《胜利与悲剧》,第216页。

后推测这是因为斯大林曾向美国总统罗斯福的特使保证苏军将在年底保住莫斯科、列宁格勒和基辅。斯大林担心如果失信于罗斯福,就拿不到美国的援助了[①]。

> **战争初期的美苏关系**
> 
> 事实上,虽然美国人早就开始大规模援助英国,但自苏德战争爆发以来,美国舆论对苏联的处境谈不上有多么同情。这种情绪倒不单纯是因为反共,而更多是美国人对苏联实力的鄙视心态使然。1941年秋季,罗马教廷还不遗余力地在美国发起了一场狂热的反苏宣传运动。美国官方与罗马教廷私下接触后,这场运动才逐渐停息。虽然身边存在众多亲共者的罗斯福大力推动给予苏联物资,可美国军界却认为俄国很快就会垮台,给斯大林的武器,最终不过是便宜了希特勒。因此在1941年9月前,斯大林都没法从美国得到什么东西。这样的背景下,斯大林对美国的态度有所顾虑,倒并非不可能。尤其是,斯大林不能让美国人觉得苏联立刻就要完蛋。

不过在9月17日这天,战局的恶化还是使斯大林清醒了一点。当天,他终于批准第37集团军撤退到第聂伯河东岸,并放弃基辅。但在命令中,斯大林却仍然没有允许西南方面军突围。

夜间,陷入合围的西南方面军司令部终于接到这道命令。虽然莫斯科并未批准他们突围,但在方面军主力被围,基辅也可以放弃的情况下,这是唯一的选择。9月17日黄昏,西南方面军司令部做出了突围的命令。

根据突围计划,库兹涅佐夫中将的第21集团军必须在9月18日凌晨全部集中于普里卢基东南的布拉金齐、格涅金齐一线,与别洛夫将军指挥的骑兵第2军对进,向德军第2装甲集群盘踞下的罗姆内实施猛烈突击,力图杀开一条血路。包围圈外的红军第40集团军负责接应;

波塔波夫坦克兵少将的第5集团军一面用部分兵力从西面掩护第21集团军的突围行动,而主力部队则向德军第1、2装甲集群接合部的洛赫维察进攻;

科斯坚科的第26集团军用两个师向德军摩托化第48军活动的卢布内方向进攻,而骑兵第5军和红军第38集团军的坦克部队则由东面策应这次突击;

---

[①]《战争是这样开始的》,第343页。

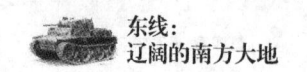

弗拉索夫中将的第37集团军负责为整个方面军担任后卫。他的集团军在退出基辅后,应撤退到第聂伯河左岸并向卢布内以北的皮里亚京发动进攻,然后东进突围。

上述突围计划虽然制订了出来,但执行上却非常困难。此时,西南方面军司令部和所属各部队之间的联系时断时续。而对于第37集团军和第21集团军,西南方面军司令部甚至用无线电都无法与之取得联系,派到基辅去的2个联络军官还死在了路上。

## 基辅陷落和西南方面军的覆灭

虽然联系不畅,在9月17日,曾长时间死守的苏第37集团军还是收到了放弃基辅的命令,司令员弗拉索夫中将开始组织突围。如前所述,他的集团军已经从三个方面遭到德军3个军的包围,其中德军第6集团军第29军正准备夺取基辅。该军在9月15日编有步兵第79、95、296、299师,轻装第99师,其后还得到了步兵第71师和步兵第294师的加强,力量非常强大。

尽管如此,弗拉索夫还是有条不紊地安排着撤退。瓦西里耶夫上校的步兵第87师和马日林上校的内务人民委员部第4师担负方面军的后卫,并负责炸毁第聂伯河上桥梁和防御工事,并在城内埋下爆炸装置(它们给德国人找了不少苦头)。这些部队早在9月初就已经做好了相关准备。一些苏联坦克还躲在发射掩体里,与得到第77强击火炮团第3营支援的德军第95步兵师展开激战。

集团军主力则在弗拉索夫中将带领下沿着基辅至皮里亚京的公路和铁路干线撤退,而在这条道路上却部署着强大的德国第2集团军主力。结果,第37集团军主力在巴雷舍夫卡地域分割成两个部分,其中主要部分被阻隔在苏波

苏联西南方面军战区内，一群德国俘虏正在吃饭

伊河，其余部队被围在巴雷舍夫卡以西的特鲁别日河。大批红军被包围在森林地带，他们大约坚持到了9月21—23日。弗拉索夫本人则逃出了包围圈。由于他在基辅战役中的表现得到了斯大林本人的赏识，这位从包围圈里冲出来的光杆司令非但没有遭到惩罚，而且还将得到进一步的任用。在即将到来的莫斯科会战中，他将成为红军第20集团军（当然是重建的）司令员。

1941年9月17日中午，德第6集团军第29军步兵第71师在师长哈特曼少将指挥下进入基辅城（苏军最后放弃该城是9月19日）。这个师此时已经被打死了46名军官和916名士兵，另有108名军官和3150名士兵负伤。损失总数达4220人。由于损失太大，步兵第71师被调到法国休整，直到1942年才重返东线。

在陷落的基辅，9月24日突然发生了大爆炸，炸死了很多德军官兵。基辅的肃清任务交给了所谓"洛昆斯集群"，由3个德国警卫师、1个斯洛伐克警卫师和5个匈牙利旅组成[①]。党卫军C特别行动队也开到了基辅。他们进行了自

---

[①]《巴巴罗萨战役(1)南方集团军群》，第65页。

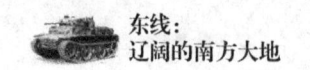

纳粹主义诞生以来最大规模的屠杀行动。根据他们的报告,仅仅在9月29至30日,就在乌克兰民族主义者协助下屠杀了33771个犹太人。几天时间内,基辅共有5.2万余人被杀,其中大部分是犹太人。

基辅陷落了,但基辅以西合围圈内的战斗并未停止。根据苏联的统计,陷入合围的红军官兵共有45.27万人,装备2642门火炮和迫击炮、64辆坦克[①]。虽然形势绝望,弹药和燃料也维持不了多久,他们中大部分人仍然在顽强抵抗,正如德国人在《基辅会战》一书中所记述的那样,"苏军并未因此放弃战斗"。

在白天,大群的红军士兵发疯一般端着步枪冲向德军阵地,拿着燃烧瓶和手榴弹迎击德军坦克,然后在对方猛烈的射击下,"成批成批地倒在阵地前,但仍然不断有新的苏军步兵班、连和营,以及炮兵、辎重部队和骑兵出现,他们越过倒下的同样的尸体,继续冲击"。

在黑夜里,红军官兵继续为生存而战。猛烈射击的机枪、迫击炮和火炮的火光,和划破夜空的照明弹,把黑夜变成了白昼。

在包围圈内的北部地区,红军第21集团军由司令员库兹涅佐夫率领,在9月18日清晨实施突围。为了策应他们,在同一天,红军骑兵第2军的3路骑兵纵队在统帅部预备队的坦克支援下,向占领罗姆内的德军摩托化步兵第10师发动了猛烈进攻。古德里安本人此时恰好正在此地视察。在残酷的激战中,红军骑兵冲入罗姆内城内,甚至一度推进到离古德里安本人待的那座大楼只有800米的地方,大为吃惊的古德里安下令把摩托化第24军的党卫队"帝国"师和第4装甲师的部队调来增援,这些部队原本被用来歼灭包围圈内的苏军。为了阻止红军坦克,德军在罗姆内使用了冯·阿克斯特黑尔姆高射炮兵上将指挥的第1高炮军主力,后来还派来了"赫尔曼·戈林"高炮团。这些高炮部队的88毫米高射炮摧毁了很多红军坦克。

德国空军也加紧袭击地面的苏联目标。仅在基辅战役最后阶段的9月12—21日,光是德军第5航空军就出动了1422架次,投掷了625吨炸弹。自身

---

[①]《巴巴罗萨:希特勒入侵俄国》,第132页。

有17架飞机全损,14架受创。

苏军对罗内姆的进攻最终失败,而库兹涅佐夫中将也只能率领少数部下冲出包围。在战斗中,红军伤亡惨重。按照德国人的统计,仅在其步兵第44师阵地上阵亡的苏军官兵就达13787人,他们几乎都死于勇敢却又盲目的冲锋中。但他们也给德军第44步兵师造成了伤亡41名军官、1006名士兵的惨重损失。德军其他部队的伤亡情况也相当严重。在合围圈战斗中,第45步兵师损失了40名军官和1200名士兵,第56步兵师损失了54名军官、1141名士兵。上述这些部队的情况在德军当中并不算是孤立存在。

在红军第21集团军拼死突围的同时,红军第5集团军处境也非常艰难,其所属的步兵第15军正在莫斯卡连科指挥下自行突围,而加里宁的步兵第35军则掩护着西南方面军司令部向南面的皮里亚京撤退。在这个地区,战况混乱不堪,红军各部队正在瓦解。

9月20日,德军第3装甲师向第5集团军突围纵队展开攻击。这天早晨,西南方面军司令部所在突围部队约1000余人来到洛赫维察西南约15公里的德留科夫希纳镇。正在休息时,他们突然遭到德军进攻,西南方面军司令员、苏联英雄称号获得者基尔波诺斯上将被炮弹炸死[①]。和他一起战死的还有方面军军事委员会委员、乌克兰共产党中央书记布尔米斯坚科、方面军参谋长图皮科夫将军。

另外,曾让德军大伤脑筋的第5集团军司令员波塔波夫少将重伤被俘,他的参谋长皮萨列夫斯基将军则在战斗中被打死。被俘的波塔波夫少将接受了德国第2装甲集群司令古德里安本人的审讯。在谈话中,他将红军在基辅的失败归咎于红军统帅部突然取消了撤退命令。其后,波塔波夫在战俘营中遭受百般虐待,却奇迹般地活到胜利的那一天。

对这些情况,莫斯科当时并不完全知情。就在西南方面军司令部被袭击2天后(9月22—23日),斯大林还要求沙波什尼科夫向已经不存在的西南方面军司令部继续发报:"更沉着坚定些,胜利有把握。你们面对的是小股敌人,将

---

[①]《阵亡的苏联将军》,第27页。

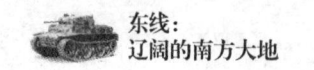

炮兵集中在突破地段上……我全部航空兵都在支援你们,我军正向罗姆内进攻……我再重复一遍:更沉着更坚定,努力作战,多向大本营报告情况。"

而在第聂伯河的红军第26集团军地带内,对上级方面军司令部情况同样不了解的司令员科斯坚科也在拼命为自己的部队寻求出路。在他的南面是德军第1装甲集群所属的摩托化第48军,拥有第25摩托化步兵师,第16、9装甲师;西部侧翼是从米尔戈罗德到苏拉河河口之间的苏拉河沿线开过来的第17集团军第11军。在东北面,德军第45、293步兵师也在逼近。

9月20、21日,红军第26集团军向克莱斯特坦克第1装甲集群正面猛冲过来,却遭到德军坦克的阻击。但红军仍然在德军第16装甲师防御的奥尼什基河地段强渡成功,并一度在德国人的合围圈上打开了一个口子。为了堵上这个口子,德军投入了摩托化第64步兵团第1营,摩托化第16炮兵团第2营,摩托化第79步兵团第1营。双方发生了残酷的白刃战,大群勇敢的苏联士兵冲破了德军的第一次反冲击,但却在第二次反击中被阻止。

在这次战斗中,第26集团军几乎耗尽了全部弹药,向卢布内的进攻已经难以进行。由于和事实上已经不存在的西南方面军司令部无法取得联络,科斯坚科只好使用无线电,直接联系苏军最高统帅部大本营的沙波什尼科夫元帅,要求补充弹药和派航空支援。而沙波什尼科夫元帅则命令科斯坚科不需要再冲向集结着德军装甲部队的卢布内,而改为跟在红军第5、21集团军的后面,向洛赫维察方向突围。

但是科斯坚科决定再次强渡奥尼什基河,在突围战斗中,红军投了鲍里索夫指挥的骑兵集群,科斯坚科本人也拿起冲锋枪,带上几颗手榴弹,和司令部人员一道参加了战斗。

大群红军冲破了德军第16装甲师摩托化步兵第79步兵团第1营的防线,攻入了敌人炮兵阵。德国人只能将火炮旋转180度对成批成批的红军进行直射。虽然大批红军被炸死,但仍然有源源不断的后继者冲上来。科斯坚科本人指挥的骑兵部队在经过三次伤亡惨重的冲击后,终于取得了成功。9月23日,红军夺回了索洛图奇和佩特里两个据点,但在得到德军步兵第24师支援后,德国人在第二天再度封闭了突破口。而红军第 26 集团军的反击并未因此而停止。直到 10 月初,集团军司令员科斯坚科才得以率领少数部队,在骑兵第 5 军配合下突出合围。

在强大德军压迫下,合围圈中那些没

偎依在坦克休息的德国步兵,属于第 25 摩托化步兵师　1941 年 9 月

有能够突围出去的苏军开始瓦解。由于苏军自身通讯指挥上的落后和德军的快速穿插分割,被围苏军基本失去统一指挥,且分散的部队又缺乏预先构筑的阵地可以依托,有些甚至被困在森林里。在一次次突围失败后,大量幸存苏军人员弹尽援绝,沦为德军的俘虏,他们中的不少人在最后时刻狂叫着向天空打完了弹药。那些因领导层严重失误而陷入绝境,战死或被俘的苏军人员以其最后的战斗行动履行了自己军人的职责。在整个基辅战役中,红军一共有 6 位将军战死。其中包括在 1941 年 8 月末至 9 月初牺牲的红军第 21 集团军第 266 步兵师师长和第 26 集团军步兵第 41 师师长分别战死,后者的坟墓直到 1966 年才被他的女儿发现。而在被俘的苏联将领中,还包括红军歼击航空兵第 62 师副师长特霍尔将军,他在 1943 年 1 月被德国人枪杀。

在包围圈内,德军获得了大量俘虏。其中,古德里安的第 2 装甲集群在 8 月 25 日至 9 月 21 日抓获了 8.2 万人,包括第 24 摩托化军的 3.1 万人——莫德尔的第 3 装甲师战果尤其突出,俘虏了 1.8 万人。德军第 125 步兵师第 421 步兵团更宣称俘虏了 1.9 万名俄国官兵。不过,陷入包围圈的并非只有苏联正规军,还有大量劳工,其中包括从伏尔加河沿岸和北高加索村里调来的数万德意志族裔。他们在德军的炮火打击下也死伤惨重,也有很多人趁乱逃走。

# 东线：辽阔的南方大地

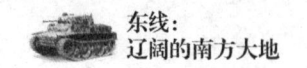

1941年9月26日，德军基本肃清了基辅合围圈中的苏军（当然不可能是全部）。这场历时两个多月，交战兵力在200万以上的大会战终于以苏军惨败告终，曾经是苏联最强大的战略战役集团的西南方面军几乎全军覆没。但德国人似乎还不满足于这些战果。按照希特勒此前发布的第35号指令，德军第17集团军所属的第55、52军正奉命向包围圈外东北方向的波尔塔瓦和哈尔科夫前进，他们在9月18日攻陷了曾经是西南战略方向总指挥部所在的波尔塔瓦。而盘踞在第聂伯罗彼得罗夫斯克桥头堡的德军第1装甲集群"马肯森集群"（包括第3摩托化军和意大利军。前者拥有第60摩托化步兵师、第198步兵师和党卫军"维金"师，后者拥有3个摩托化师和"托里诺"师）则在9月23日向罗斯托夫方向进攻。

为了阻止他们，堵住由于西南方面军的覆灭而在战线上出现的200多公里宽的大口子，红军最高统帅部在9月27日下令，在第40、21、38、6集团军基础上重建西南方面军。而从9月13日起开始担任西南战略方向总司令的苏联元帅谢·康·铁木辛哥则兼任西南方面军司令员，这已经是他第二次同时担任战略方向和方面军司令员职务——而所谓战略方向司令部和方面军司令部并存的局面，此时已被证明是导致指挥混乱的原因之一。而所谓兼任的结果，就是让多余的战略方向司令部名存实亡。

在铁木辛哥的指挥下，新的红军西南方面军在别洛波利耶、希沙基、克拉斯诺格勒一线开始构筑坚固的防御工事，以堵住基辅失守后，出现在库尔斯克和哈尔科夫之间的巨大缺口。铁木辛哥将不得不再次充当救火队员的角色。

双方损失的争论：

规模宏大的基辅会战结束了，而关于这场战役的争论却并没有完结。而在众多的话题争论中，一个重要的问题就在于对双方在战役中的损失的统计。1941年9月27日，德军统帅部发表关于基辅会战的总结报告宣称："基辅附近的大规模会战已经结束。在辽阔地区实施的两翼包围，成功地粉碎了第聂伯河防御，歼灭了苏联5个集团军，甚至连小股部队也未能逃出包围圈。陆军、空军密切协同作战，共俘敌66.5万人，缴获和摧毁敌装甲战斗车辆884辆，火炮3718门,以及无数其他作战物资。"但上述统计数字并不仅仅指红军西南方面军在基辅的损失,而是包括自1941年8月德军中央集团军群发动戈梅利战役以来,在整个第聂伯河与杰斯纳河之间消灭的红军部队,其中还有苏联中央方面军,布良斯克方面军的损失。

后来一些德国军事历史学家以这些数字为依据,宣称基辅会战是世界军事史上最大的一次合围战役。对于德方宣布的数字和由此得出的结论,苏联学者并不认同,赫鲁晓夫时代出版的《伟大的卫国战争史》认为,西南方面军在1941年7月7日拥有676085人,其中150541名官兵在9月底以前已经冲出合围圈,故根据当时战况判断,估计被德军俘虏的苏军人数只有20万人左右。

自此以后,苏联一直没有公布过基辅战役损失的新资料,直到苏联解体后,俄罗斯军事史学家才开始在大量原始军事、民事档案的基础上(包括德国档案)认真研究战争中实际损失的问题。根据他们得出的数字,基辅战役(从7月算起)损失如下[1]:

西南方面军在整个基辅战役期间(1941年7月7日至9月26日),一共损失585598人,其中"纯减员"531471人

西方面军第21集团军(先后又编入中央方面军,布良斯克方面军和西南方面军)在参加基辅会战期间(8月10—30日)损失35585人,其中"纯减员"31792人

南方面军第6、12集团军(8月20日至9月26日)损失79220人,其中"纯减员"5.29万人

苏联海军参战部队损失141人

以上合计,红军一共损失700544人。其中死亡、失踪、被俘616304人,伤病84240人

至于到底有多少人被俘,俄国学者也无法得出准确数字,但据苏联总参谋部在战时的绝密统计数字显示,基辅包围圈中被困苏军人员总数为452720人(军官约6万人)[2]。至10月2日,约有1.5万人突围成功[3]。

---

[1]《苏联在二十世纪的伤亡和战斗损失》,第114页。
[2]《胜利与悲剧》下,第216页。
[3]《巴巴罗萨:希特勒入侵俄国》,第132页。

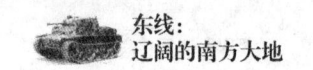

结合前述数字,苏军在整个战役期间(也就是从7月算起)被俘人员总数估计在40万~50万人之间。其中在基辅合围圈中被俘约30余万。从这些数字分析,德方统计略有夸大。

在技术兵器方面,苏军各部队在参战期间一共损失坦克411辆,火炮和迫击炮28419门(德国统计火炮一般仅计算师属及师属以上火炮,而苏联人则将营团属火炮、迫击炮、反坦克炮、高射炮全部统计在内,西方史学家经常忽略这一点,并认为苏军火炮数量对德军占据非常夸张的优势),作战飞机343架[①]。

至于基辅会战是不是人类历史上最大的一次合围战役,目前还不能轻易得出结论。因为在苏德战争后期,苏军也对德军实施过不少规模巨大的合围战役,据苏方宣称,他们在柏林战役中曾俘获不少于48万德军。同时由于德国和西方史学界近年来对苏联所宣布的俘虏德军总数大致表示认可,因此该数字很可能是准确的,故柏林会战的合围规模与基辅可称伯仲。另外,在我军战史上也有过类似的大规模歼灭战。

目前为止,西方史学界对德国军队在基辅会战中的损失并未提出过全面而准确的统计数字,苏联学者则根据后来缴获的德方资料估计,德军在基辅会战中损失数为10万余人。从前面引述的数字可知,德军在基辅战役合围作战阶段就有不少野战师的损失超过了上千人,其全部50多个师及其加强部队在1941年8月下旬到战役结束期间的总损失估计就接近10万人。按德国统帅部的战时统计,整个基辅战役期间的7、8、9三个月中,德国陆军东线部队一共损失了508955人(不含病员),死亡108025人。而根据德国发表的最新数字,在这三个月中,东线德军的实际死亡者为160198人。按照笔者的看法,从当时的战况分析,在此三个月时间内德军至少有1/3的损失是在基辅会战中造成的,其总数应在15万以上,其中死亡人数不少于5万人。

---

[①]《苏联在二十世纪的伤亡和战斗损失》,第260页。

德国陆军在东部1941年7—9月的损失(人)

|  | 7月 | 8月 | 9月 | 总计 |
|---|---|---|---|---|
| 死亡 | 37584 | 41019 | 29422 | 108025 |
| 受伤 | 125579 | 147748 | 106826 | 380153 |
| 失踪 | 9051 | 7330 | 4896 | 21277 |
| 总数 | 172214 | 196097 | 141144 | 509455 |
| 实际死亡人数 | 63099 | 46066 | 51033 | 160198 |

注：本表"死亡、受伤、失踪"各项系德国陆军总部战时统计数字，仅包括东线陆军在战斗中的损失，而且统计有所缺失。"实际死亡"一项是德国最新公布的数字，包括德国武装部队和武装党卫队在战争中可以确定的死亡人员。从这两项数字的对比，我们可以了解德军战时统计的偏差

## 会战决策的争论

对于基辅会战，最主要的争论焦点还是在于其对整个苏德战争进程所产生的影响。时至今日，仍然有许多人强烈地非难希特勒的决策。他们认为，通过边境交战，苏军在中央方向已经遭到了重创，德军只要一鼓作气在此方向连续发动攻势，就可以轻易拿下莫斯科，而希特勒却在这个关键时刻"坐失良机"，突然改变方向，南下实施基辅战役，失去了攻占苏联首都的机会。他们就此列举了如下具体事实：

第一，由于实施基辅战役，使德军无法在适宜作战的夏、秋季发动莫斯科战役，导致德军在基辅战役后被迫在冬季进行进攻莫斯科的"台风行动"，结果在严寒中功亏一篑，没有能够占领苏联首都。

第二，德军主力转向基辅，使中央方向的苏军获得了加强莫斯科防御的准备时间，同时也是德国人失去了消灭他们的最佳机会。为此，德国将军们指责希特勒为了经济目标而放弃了歼灭苏军有生力量的大好机会。

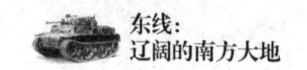

第三，古德里安装甲集群的坦克在向基辅方向调动，以及其后回归中央集团军群的往返过程中，机械损坏更加严重，以致在莫斯科战役中丧失了部分突击能力。

接着，他们得出了结论，由于进行了基辅战役，德国人不仅没有能够占领莫斯科，而且未能摧毁红军，因此也就失去了打败苏联的最佳战略时机。换而言之，在他们看来，占领苏联首都莫斯科就意味着德国在苏德战争中彻底取胜。那里不仅是苏联的心脏，连接南北的交通枢纽，而且还有必须消灭的红军主力。莫斯科是希特勒取得战争胜利的关键之所在。

但如果我们客观分析后不难发现，仅仅占领苏联首都并不意味着德国战胜苏联。这正如希特勒当时已经意识到，并被后来的事实所证明的那样，只要苏军主力——他们几乎是打不尽杀不完的——以及为其军队提供装备的工业和资源尚存，苏联人必然继续战斗下去，而夺占一座届时必定已成空城的莫斯科(苏联人的坚壁清野一直做得很到位)根本无法损伤苏联庞大的人力和物资资源。至于所谓首都的象征意义也很一般。拿破仑在1812年9月14日进入莫斯科并没有使俄国崩溃，德军在1941年同样无法做到这一点。要知道，苏联政府对国家机器的控制能力是沙俄时代所无法比拟的。

持上述观点的学者似乎也意识到这一点，于是便把主要精力放在强调当时部署在中央方向上的苏军重兵集团。他们认为，歼灭这一集团不仅可以消灭苏军有生力量(与基辅会战效果相同)，还可以兼收莫斯科这个"政治果实"。按当时德国陆军总参谋部的估计，苏军在中央方向有35个师，南方有34个师，北方有23个师，中部苏军实力最为强大，而自开战以来德军在这个方向一直进展顺利，苏军似乎毫无招架之力。有鉴于此，德国将军和后来不少史学家均认为如果在中部一直进攻下去，将能彻底击溃苏军主力。至于南方苏军虽然拥有一支和中部红军不相上下的重兵集团，但向那里大规模调动兵力却过于劳师动众，得不偿失。

表面看来，上述说法有一定道理，但如果深入分析却会发现其中的问题。本文在前面已经指出，边境交战以后，斯大林坚信德军将会直扑莫斯科，因此将大量战略预备队在中央方向展开。如此,德军攻势必会遭到极为激烈的抵抗并蒙受巨大的损失。当然,以当时苏德两军的实力来看,苏军的这些举措也许最终仍无法阻止敌军的前进,德军在付出重大代价后也确实可能歼灭该方向的苏联重兵集团,但这决不意味着苏军主力的覆灭。从后来的事实我们可以知道,德军曾不止一次歼灭苏联的重兵集团(也包括基辅战役),其规模比德国所预想的和实际能够在莫斯科方向歼灭的苏军部队不相上下,甚至更大!可苏军主力依然没有被歼灭。

不仅如此,从德方所处的军事态势分析,国境交战后,德军在中部进展顺利,而在南、北两翼的进展则相对缓慢。因此,德军中央集团军群愈深入苏联境内,其侧翼也就愈暴露。对此,德军前线部队9月1日的一份报告就曾经指出:"……如果不将东乌克兰境内的敌人歼灭,那么无论是南方集团军群,还是中央集团军群都将无法顺利实施作战……"有鉴于此,如果中央集团军群取消基辅战役计划,在8、9月份立即从波切普—戈梅利一线发动攻势,继续向位于苏联中部纵深地带的莫斯科挺进,估计在10至11月间攻占该城,然后则必将陷入孤军境地。与此同时,该集团军群的补给线将会骤然被拉长600公里以上,而德军从8月中旬才开始修筑斯摩棱斯克的铁路线,根本起不了什么作用。至10月,正好赶上俄罗斯欧洲中部地区的雨季,泥泞的道路将使德军后方与前线之间的交通运输效率骤降,从而严重削弱部队战斗力。这里顺带指出,德军在1941年的机械化程度并没有人们想象的高,很多补给或辎重仍需人畜驮运,而运输车辆中又以轮式占绝大多数,远不及履带式车辆的通过能力,很难胜任伴随坦克部队的快速突进任务。然后拖到冬季,守着莫斯科的中央集团军群的后勤状况将会更糟。而这时,一旦苏军在南北战线积聚起强大的预备队,在冬季从中央集团军群两翼发动进攻,这个消耗严重、补给困难的庞大战略军团极有可能遭到全军覆灭的下场,从而使保卢斯第6集团军在斯大林格勒的命运提前上演——对此,从后来德军从莫斯科溃败的事实上可以得到间接的证明,当然,后果将会更为严重。

更进一步说,德国将军们看不到或者看到也不愿意承认的是——后来德

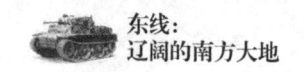

军在莫斯科仅仅只是溃退而并没有被歼灭,很大程度上恰恰正是拜基辅战役之赐。诚如希特勒在关于基辅会战中的指示所指出:"只有南方集团军群当面的俄国军队被消灭,才能给中央集团军群顺利进攻并消灭其当面之敌创造前提。"

也正是由于及时中止了在中部地区危险的进军,转而南下攻击苏西南方面军暴露出来的侧翼,德军才得以在基辅地区以较小代价歼灭了70多万苏军——导致整个苏德战上双方兵力对比的巨大变化,并且拉直了战线,大大改善了中央集团军群乃至整个东线德军的战场态势,为其后向莫斯科进攻创造了有利的稳妥条件,也使中央集团军群在后来从莫斯科撤退的过程中不至受到严重的侧翼威胁,且最终将战线稳定下来。

从这个意义上说,实施基辅会战使德军在广阔苏联国土注定要失败的速决战不至于速败。事实上,德军在莫斯科失败的根本原因并非在于基辅战役耽误了"最佳时机",而是在于追求速决战的德国决策集团没有在战前充分动员其人力、物力资源,以至在苏德战场的大规模消耗战中无以为继,并最终招致失败。德国将军们之所以将莫斯科的失败归结于基辅会战,归根到底也不过是为了证明德国军队似乎曾经拥有依靠速决战击败苏联的"机会",而"愚蠢"的希特勒却把这个"机会"放走了。

基辅会战的意义还在于,它为德军从1942年开始不得不进行的持久战提供了极为有利的物质条件。正是基辅会战使德军占有了乌克兰地区,使这里丰富的粮食和资源不仅不能为苏联所用,反而大大支持了德国的战争机器,同时还为德军进攻苏联命脉所在的高加索油田提供了前进基地。1942—1944年中期,苏、德双方斗争重点一直在南部地区,这一时期恰恰是苏德战争的决战阶段——这正是该地区重要性的力证。

从基辅会战对东线产生的深远影响来看,希特勒遂行这场会战的决策无疑是正确的。从某种意义上说,该会战可称法西斯德军事战略的最高峰,同时也是希特勒个人军事战略水平的最高峰(德军战术水平的最高峰大约在1943年库尔斯克会战时期出现)。不过,这一会战并未改变希特勒及其第三帝国最终覆灭的结局,它为德军带来的实力增长速率依然不及苏军的实力增长速率。另一方面,希特勒及其将军们在战役决策过程中产生的矛盾,却在今后战局日渐不利的情况下逐步尖锐——这恐怕才是基辅会战给法西斯德国所带来的最大负面影响。

## 敖德萨之战

在苏德战场南段,当基辅方向发生对整个战局具有重大影响的大会战的同时,在更南端直到黑海沿岸地区,红军南方面军和由原"滨海集群"基础上组建的独立滨海集团军,一直在德军第11集团军和罗马尼亚第3、4集团军追击下撤退。

这一路上险象环生。不仅后有追兵,苏军在南布格河以东的退路也随时可能被德军第1装甲集群切断。更不用说撤退计划还多次被德军截获(参阅前文)。

在这条战线,大量的德国移民也给红军造成不小的麻烦。8月3日,南方面军司令秋列涅夫致电斯大林和布琼尼,称在该方面军所辖地区内有大批德国侨民,在德涅斯特的战斗中,这些人经常从屋子的窗口和菜园里向苏军射击,而且还向德军提供面包和盐。斯大林对此的批示是:"应该大张旗鼓地驱逐。"[1]

不过秋列涅夫的运气还不错,一次又一次逃脱德军的包围。这一方面是因为追击他的德国第11集团军缺乏快速部队,也在于天气颇为恶劣,被暴雨泡成烂泥的道路给德国人找了不少麻烦(当然也给俄国人的撤退找了麻烦)。秋列涅夫的坦克后卫还时不时回头猛揍德国人一拳。在此期间,南方面军的

---

[1] 《斯大林年谱》,第560页。

苏德战场的罗马尼亚军队

空军也与德国第4航空队展开激战,也因此蒙受了重大损失。8月1日,南方面军只剩下258架飞机可用[1]。

到了8月5日,南方面军退到了南布格河,11天后,对其实施追击的德国第11集团军占领了尼古拉耶夫。在该城的马尔季造船厂内,德国人缴获了建造中的超级战列舰"苏维埃乌克兰"号,该舰预计将有6万吨排水量,装备9门406毫米主炮,如果建成,将是仅次于日本"大和"型的世界第二大战列舰。同时被俘的还有建造中的1艘巡洋舰、4艘驱逐舰和另外4艘其他军舰,但这些舰只的船体均被炸毁。

此前的8月12日,新编入南方面军的第6、12集团军在乌曼遭到了德军围歼(详见本书第二章第二节)。为此,方面军司令员秋列涅夫被暴怒的斯大林撤职。由于这些部队是临时交给秋列涅夫指挥,所以这个处置多少有些不公平。此后,南方面军在新司令员亚里贝舍夫中将指挥下,撤退到第聂伯河下游设防。

---

[1]《黑十字与红星:东线空战》第一册,第108页。

同样在8月5日,由南方面军分出来的独立滨海集团军退到了黑海重要军港敖德萨。该城已经处在罗马尼亚军队的严重威胁之下。8月4日,苏联海军人民委员命令黑海舰队在敖德萨组织陆上防御。第二天,红军统帅部也下达了书面命令:"决不允许放弃敖德萨,一定要在黑海舰队的配合下坚守到最后。"

8月10日,独立滨海集团军开始在敖德萨地区设防,协助他们的还有港口里的黑海舰队基地。8月19日,两支部队合并为敖德萨防区,由基地司令茹科夫海军少将指挥,独立滨海集团军司令索夫罗诺夫中将担任防区副司令。10月5日(一说7月18日),彼得罗夫少将接替了他的集团军司令员职务。

所谓独立滨海集团军,名字叫得很响,其前身不过是兵力薄弱的南方面军滨海集群。8月份,独立滨海集团军只有第25、95步兵师和第1骑兵师,后来又组建了第421步兵师,另外还有2个海军陆战队团和约8000名黑海舰队水兵在其编成内参战。到8月20日,敖德萨守军总数也只有3.45万余人[1]。但他们在战斗中还可以从市民里招收一些新兵。为了集中火力,守军的全部火炮都由防区炮兵司令统一指挥。为了保卫敖德萨,还专门成立了西北海区舰队,包括"共产国际"号巡洋舰、2艘驱逐舰、4艘炮艇、6艘扫雷艇、2艘布雷舰和一些鱼雷艇以及巡逻艇。

为敖德萨苏联守军提供空中掩护的,是独立滨海集团军航空部队(飞机20架)和黑海舰队航空兵部队歼击航空兵团(40架飞机)。这些部队在敖德萨城郊等地拥有11个陆军机场和4个海军机场。另外,装备着伊尔-2的红军第46独立强击机中队和3架"雅克"Yak-1和4架Ⅰ-15比斯战斗机也被派往敖德萨。

敖德萨对海防御主要由第42、44独立岸防炮兵营负责,配备有45~203毫米口径火炮54门。在敖德萨沿海布设了大量水雷。

为了保卫城市,前后有10万敖德萨居民参加了构筑防御工事,到8月19日以前,全城被分为3个防御地带:距离市区20~25公里的前进防御地区,距

---

[1]《第二次世界大战史》卷四,第145页。

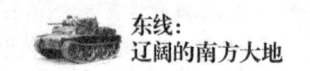

离市区10~14公里的主要防御地区，距离市区6~10公里的掩蔽防御地区，另外在敖德萨市内还构筑了250个街垒。但由于时间紧迫，不少阵地在战斗打响前只完成了40%。

能否攻占敖德萨对德军具有特别意义。特别是德国海军需要夺取该城，以消除苏军舰队对德国在乌克兰和罗马尼亚之间海上交通线的威胁——由于道路泥泞、游击队骚扰等因素，德军在苏德战场南部的陆地交通线不是那么可靠，所以对海运就特别需要。

而基于政治上的考虑，希特勒决定将由罗马尼亚军队来夺取敖德萨。此前，罗马尼亚已经从苏联手中抢回了布科维纳和比萨拉比亚。而接下来是否还要继续和俄国人打下去，在罗马尼亚国内也有争议。所以希特勒需要让罗马尼亚多掠夺一些苏联的地盘作为报酬。

8月8日，罗马尼亚统帅部下达进攻敖德萨的第31号命令[1]。8月13日，奉命夺取敖德萨的罗马尼亚第4集团军完成了对该城的包围。不同于和德国人一起行动的罗第3集团军，罗第4集团军在邱佩尔克将军指挥下沿着黑海沿岸独立进军。罗马尼亚独裁者安东奈斯库希望他们能独自打下敖德萨，向世界宣扬罗马尼亚陆军的厉害，为此可以不惜血本。

此前的8月10日，罗第4集团军拥有12个师7个旅，兵力约20万人。8月20日前又增加了5个师。总计投入了17个步兵师、1个装甲师、3个骑兵旅、1个要塞旅[2]。

配合罗军的航空部队包括罗马尼亚空军第1、2、4、5、6轰炸机大队，第4、6、7、8战斗机大队，德国空军第4航空队还向该方向投入了第27、51轰炸航空联队，第77战斗航空联队第2大队[3]。德罗航空部队对苏军居于绝对优势。

罗马尼亚人最初想直接闯进敖德萨，但都被打了出去。他们只好停下来作一番认真准备，花了几天时间夺取出发阵地。8月20日，在邱佩尔克将军指

---

[1]《巴巴罗萨战役(1)南方集团军群》，第50页。
[2]《二战罗马尼亚陆军》，第14页。
[3]《黑十字与红星：东线空战》，第155页。

挥下，罗马尼亚第4集团军猛攻敖德萨。对敖德萨东面的冲击最为猛烈。当天，配合陆军作战的罗马尼亚空军出动了118个架次，投弹78吨。但俄国人的抵抗意志仍很坚强。

经过一周恶战，罗军死伤惨重，却只取得很小进展。不过到8月27日，罗军可以用集团军属、军属火炮轰击城内以及港口内的舰艇。但他们还是无法拿下敖德萨，伤亡却大到无法忍受，前进的每一米土地都被鲜血浸染，付出的死伤往往是苏军的几倍。罗马尼亚指挥官的意志崩溃了！9月4日，邱佩尔克向安东奈斯库报告说他的步兵要打光了。五天后他被解职，改由扎科比奇中将指挥罗第4集团军。德国人也派来特种营支援。

9月12日，罗马尼亚人加强了进攻，当他们推进到库亚利尼茨湾和敖德萨东北滨海地区后，又进一步加强了对敖德萨的炮击。战斗中，罗马尼亚军队曾经让部队排成整齐的队列，在皮靴锃亮，带着白手套的军官带领下，如阅兵般发动进攻，他们或许希望以此来吓倒苏联人，可对方却根本不吃这一套，并用猛烈的机枪火力让罗马尼亚人明白什么是现代战争。

面对罗马尼亚军队的进攻，红军也不会坐以待毙。尤其不能容忍罗军炮兵的威胁。9月19日，红海军少将乌拉基米尔指挥的舰艇把第157步兵师从诺沃罗西斯克送到了敖德萨。9月22日，该师和第421步兵师一道，对东面进攻的罗马尼亚军队发动强有力反击。同时，海军少将戈尔什科夫指挥舰艇把海军陆战队第3团送到敌军侧后，苏联人还向罗军后方空投伞兵。红军来自海陆空的联合攻势把罗马尼亚军队打退了5~8公里左右，消除了罗军炮兵的威胁。罗马尼亚人这次元气大伤，被迫于9月底转入全面防御。

在战斗过程中，敖德萨防区的红军得到了较为有效的空中支援，从8月23日至10月15日，保卫敖德萨的苏联航空部队一共出动了3780架次飞机，其中一半是战斗机。而在战役初期，红军的轰炸机和强击机活动也相当频繁，但在机场陆续失守后，轰炸机部队只能从克里木起飞，其作战活动自然就要比驻扎在敖德萨城内的红军战斗机部队少得多。

苏联海军也不断从克里木和高加索把兵员和物资送到敖德萨。包括：

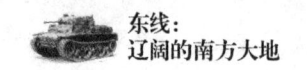

63759名官兵、1314匹马、18181吨作战物资[①]。

敖德萨久攻不下。为了挽回面子,罗马尼亚人投入了越来越多的兵力。到敖德萨战役尾声,罗第4集团军名义上的兵力已高达340223人,是当时8.6万名守城红军的4倍。不过因为罗马尼亚人的后勤保障搞得太糟糕,所以罗第4集团军实际可以使用的兵力一般维持在16万人左右。

虽然苏联人在敖德萨打得不错,但到了9月下旬,在基辅会战中取胜的德国军队已经推进到了哈尔科夫、顿巴斯和克里木半岛的入口处。为了加强克里木和那里的塞瓦斯托波尔要塞的防御,9月30日,红军统帅部命令守军撤出敖德萨。

10月1—16日,苏军开始撤退。虽然敖德萨所在的黑海西北部地区非常适合使用水雷,但由于德国和罗马尼亚海军在黑海没有足够的力量,而他们的空军在事前又没有准备足够的非触发式水雷,结果德国飞机只是在9月14日向敖德萨港内和出口处投放了15个水雷,而其中只有5个真正落入水中,对红军的撤退基本没有什么威胁。

苏联人的撤退进行得非常巧妙。为了隐蔽真实意图,红军在10月2日对罗马尼亚军队发起反攻。在个别地段,他们深入敌军阵地达4公里。罗马尼亚军队因此误以为苏军将会长期坚守敖德萨。德国人也犯了同样的错误,甚至到了10月5日,希特勒本人还写信给罗马尼亚独裁者安东奈斯库,建议向久攻不克的敖德萨派遣德国重炮部队和1个步兵师。而那些频繁开往敖德萨的苏联运输船只则被认为是在向守军运送物资。

但就在这时,苏联运输船只正把大量的部队运出敖德萨,而在前线,每个红军师都抽调出1个营的兵力,使用老旧火炮掩护撤退。同时,红军动用了"红色克里木"和"红色高加索"号巡洋舰和4艘驱逐舰来保护载满苏军的船只撤离,为了不惊动敌人,这些军舰只有在最万不得已的情况下才能开炮。

10月15日,敖德萨剩下的3.5万名苏军开始登船离开。最后撤退的是那些后卫部队。他们在炸毁了手头的老旧火炮后,登上6艘军舰离开保卫了2个

---

[①]《苏联历史档案汇编》卷十六,第293页。

建造中的苏联超级战列舰苏维埃乌克兰号

半月的敖德萨。撤走的共有8.6万名军人和1.5万名平民、19辆坦克和装甲车、500门火炮、1000多辆汽车、3500匹马、163辆拖拉机和2.5万吨其他物资——而在整个战役期间,从敖德萨运走的军人有120731名(应该是包括伤病员的数字)、平民300760人,还有近30万吨物资。

10月16日10时35分,罗马尼亚第7步兵师占领敖德萨。可此地现在只是一座空城。而苏联人留下的爆炸装置也给德罗军造成了不小的损失。德国人要到几个月后才能恢复该港口的功能。不过他们所期待的罗马尼亚—乌克兰海上航线终于开始运行了。

在敖德萨战役的73天里,红军一共损失了41268人。其中,死亡失踪被俘总计16578人,伤病24690人。而罗马尼亚军队付出的代价严重得多,仅战斗损失就有92545人。其中被打死17729人、受伤63345人、失踪11471人[1]。一些罗马尼亚师团的伤亡甚至超过最初投入的兵力。罗军还损失了19辆坦克,

---

[1]《二战罗马尼亚陆军》,第19页。

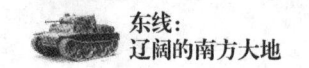

90门火炮，115门迫击炮，956挺轻机枪，336挺重机枪，10250支步枪。罗马尼亚空军在战役期间一共出动了5525架次，投弹1249吨，同时损失飞机20架。

敖德萨的陷落使红军黑海舰队失去了重要的军港。但黑海舰队遭到的直接伤害并不太大（虽然面对实力单薄的德罗黑海水面力量，苏联黑海舰队过于消极）。而且对苏德两军来说，这里的战斗并不是最引人注目的当务之急。1941年9月底，当敖德萨的战火还未平息之时，刚刚在基辅战役中取得重大胜利的德国装甲部队又把他们的矛头转向了苏德战场中部地区，他们的目标是莫斯科。

# 重庆出版社朱世巍《东线》系列书目

## 《东线：巴巴罗萨与十八天国境交战》

主要介绍了苏德战争的基本历史背景，苏联和德国各自的战争准备，巴巴罗萨计划以及苏德战争最初的十八天边境交战。

## 《东线：辽阔的南方大地》

国境结束交战后，德军攻入苏联境内，面对苏军的顽强抵抗和各地战局，德军统帅部围绕战争下一步的展开方向进行了激烈辩论，最后，夏季和秋季战役的决战焦点由中部转向南部，相继爆发了规模巨大的斯摩棱斯克和基辅战役。德军虽然取胜，却失去了进攻莫斯科的宝贵时间。围绕这一战役方向改变的得与失，史学界争论至今。

## 《东线：莫斯科的秋与冬》

介绍了东线战争战局的变化。战争由夏季进行到了秋季，德国军队开始集中力量去夺取苏联的首都莫斯科。自边境交战后，苏德战争史上再度爆发数百万人规模的激烈交战。德军在最初的胜利后，攻势逐渐陷入停顿。

## 《东线：1941年的冬天》

德军在莫斯科城下的攻势陷入停顿后，苏军趁势发动了反攻，致使德军遭受了苏德战争爆发以来的首次大惨败。

## 《东线：命运——斯大林格勒》

德军经过了1941年冬季的惨败后，开始策划1942年夏季攻势。苏德两军在意义重大的斯大林格勒展开激烈争夺。巷战过后，冬季来临，苏军再度反击，合围并歼灭了德军第6集团军。

## 《东线：从哈尔科夫到库尔斯克》

1943年初，德军在东线南部遭受连续惨败，直到哈尔科夫反击才稳住阵脚。苏德战场因此迎来较长的平静时期。而随着战局的改观，交战双方都在考虑以何种方式结束战争。因此需要一次战役来检验新的力量对比。

1943年夏季，德军集中了庞大的装甲部队，在库尔斯克发动了苏德战争中的最后一次战略进攻，但很快失败。红军乘机收复了哈尔科夫和奥廖尔地区。

## 《东线：决战第聂伯河》

1943年夏秋，随着德军在库尔斯克战役中失败，红军开始了大反攻。东线南部第聂伯河成为主要决战地区。与此同时，其他战线的红军也发起进攻。经过上述战役，红军收复了斯摩棱斯克、基辅、顿巴斯和塔曼半岛。苏联因此坚定了以武力手段结束战争的决心。

## 《东线：从乌克兰到罗马尼亚》

1944年上半年的红军进攻。重点介绍1944年上半年东线南部的几次合围战役，以及苏军收复克里木和推进到罗马尼亚境内。由于这几次战役，德国工业部门为装甲部队提供的大量精良战车遭到了不可恢复的损失。

## 《东线：中央集团军群的覆灭》

1944年夏季的白俄罗斯之战。这次战役直接导致了德国中央集团军群覆灭，也是苏德战争史上的大规模合围战役之一。加上西方军队开始进入西欧大陆，德国武装部队的总崩溃开始了。在外部压力下，德国内部出现叛乱，但被镇压。

## 《东线：大崩溃》

白俄罗斯之战后，红军的全面进攻。包括波罗的海地区的战役，以及苏军向东南欧和德国本土的推进。在苏军打击下，德军在波兰遭到重创，其部署在罗马尼亚的重兵集团几乎被全歼，布达佩斯集团被包围。在战争进程中，德国的盟友陆续背叛。

## 《东线：1945年的春天》

1945年春季的东线全景。包括在波兰、东普鲁士、匈牙利境内的战役。德军波兰集团崩溃，东普鲁士集团也在挣扎中走向灭亡，布达佩斯被苏军占领。

为了挽救败局，德军集中最后的精锐装甲部队，在巴拉顿湖地区发动反击，却以惨败而告终。苏军随后占领了维也纳。

## 《东线：攻占柏林》

东线战争的最后阶段。苏军的全面推进，直到柏林的最后决战，希特勒自杀。东线各战区的最后结局。

随着战争走向结束，东西方之间的利益争夺开始加剧，出现了错综复杂的军事和外交态势，并由此产生了战后欧洲秩序雏形。苏德战争的最后总结。

## 《东线特别卷：远东战役》

1945年8月苏军进攻中国东北境内的日本关东军。美国人也投下原子弹。日本陷入绝境。关东军在遭受重创后，放下武器。第二次世界大战最后终结。

与此同时，中美苏三角之间的明争暗斗也在进行。亚洲战后秩序雏形确立。